滋味背后的深味

冯克　编著

新世界出版社
NEW WORLD PRESS

企业家是如何炼成的

清华大学经管学院创新创业与战略系教授、清华大学二十国集团创业研究中心主任　高建

当今中国，创业和企业家对中国经济社会的发展正发挥着日益重要的作用。

创业是不少中国人的人生选择。2014 年，中国国务院总理李克强在夏季达沃斯论坛上指出，要在中国土地上掀起“大众创业”“草根创业”的新浪潮，形成“万众创新”“人人创新”的新势态。2018 年 3 月 16 日，中国的市场主体超过 1 亿。到 2019 年年底，中国市场主体的数量已经达到 1.2 亿。创业在中国已经有充分的大众基础。

创业也是中国经济和社会进步的重要动能。从 1978 年起，经过四十余年的改革开放，中国的民营经济从“零”起步发展到今天，具有“56789”的特征，即：税收贡献超过 50%，国民生产总值占比和民间投资超过 60%，技术创新和新产品开发占比超过 70%，城镇就业占比超过 80%，企业数量和新增就业岗位占比超

过 90%。[1] 在 2019 年全球财富 500 强排行榜上，白手起家的中国民营企业家经过奋斗，从零增加到 26 家。[2] 企业家是中国经济发展和社会进步的主力军。

这本书呈现了 10 位中国企业家的奋斗故事。他们在平凡中缔造传奇，在奋斗中实现梦想。通过他们的故事，我们可以看到，企业家在从无到有、从小到大、从弱变强的企业创立和发展演化中，所体现出的个人坚持、公司超越和社会责任。

坚持正确的创业理念

创业者的坚持不是单纯指时间的长短，而是指在创业过程中能够坚持正确的创业理念。书中的故事多是与餐饮有关的。创业者在餐饮行业创办企业，其竞争的激烈程度是可想而知的。他们之所以能在各自的地域和细分市场取得成功，首要是要找到消费者未被满足的需求（痛点）。例如，消费者非常在意的食材品质就是未被满足的需求。随着消费升级、百姓生活水平的提高，没有品质的餐馆是没有竞争力的，也难以生存下去。虽然消费者是看不到食材品质的，只能通过餐食和口碑做评价，但是，消费者肯定是愿意接受高品质食材做的餐食的。高品质食材就是消费者未被满足的“痛点”。因此，做小龙虾的郭冬在接过胡大饭馆后，非常

---

[1] 引自《改革开放 40 年，民营经济再出发——访全国政协副主席、全国工商联主席高云龙》，台州日报，2018 年 12 月 1 日第一版。

[2] 1995 年世界 500 强企业首次发表时，中国大陆企业仅有国有的中国银行、中国中化集团和中粮集团 3 家企业上榜，均为国有企业。同年，日本有 149 家企业上榜，美国有 151 家。到 2019 年，世界 500 强企业中，中国企业数量（含香港、台湾）为 129 家，已经超过美国，其中来自中国大陆的民营企业已经有 26 家（占世界 500 强中国大陆企业 119 家的 22%）。

清楚食材的好坏决定餐馆的成败。开设将太无二、做创意料理的邢力，在选择食材上十分苛刻。经营业绩证明他们抓住了“痛点”。其次，把握消费者需求是一个长期过程。故事中的创业者都有十多年到二十年不等的创业历程，把自己从生手变成熟手。有的创业者在创业初期也出现过产品没有竞争力、消费者不接受的情况。例如，在云南开设泰味餐馆的李琰就遇到就餐者混淆“泰味”和“傣味”菜的情况。但这些创业者能从中吸取教训，迅速调整，开发出满足客户需要的产品。第三个要坚持的正确理念是完善自我。我们的研究也证实，创业者取得进步的过程是不断学习的过程。不会管理成长的创业者成不了企业家。管理小企业的能力不会自然达到管理大企业的能力，需要创业者提高眼界、开拓思路、掌握管理技能。在创业中学习创业十分重要。创业之初学历低、没有管理能力等都不可怕，可怕的是缺乏完善自我的理念和行动。

永不满足，不断超越

完成创始人到企业家的转变是企业能够发展起来的关键。本书故事里的主人公所选的行业属于“衣食住行”之一的“食”行业，是人们的基本需求。林家铺子的水果罐头、刘文新的茶叶、孙君庚的想念面条等虽不是餐馆，但这些企业的产品与我们的日常饮食分不开。人们每天都在消费这些产品。因此，在“食”行业创办企业不难，难在能使企业发展起来，在竞争中生存下去。

超越自我是创始人向企业家转变的开始。从经验管理向科学管理转变是超越自我的一个重要表现。本书故事里的创业者在企业发展过程中，无一例外地看到并努力做到提高管理能力，对企业开展规范化管理、加强文化建设、重视产品研发、提升品牌影响力、建立团队激励制度等。创业者在开始创业的时候是凭自己的力量，但随着企业发展，就需要依靠管理的力量。巴比面点的刘会平、胡大饭馆的郭冬、嘉禾一品的刘京京、仟真和的李琰都建设了企业的中央厨房或者加工中心，无不强调管理的标准化和制度化，把经验管理、碎片化管理转变为规范、体系化的管理。

不走寻常路，超越同行是企业家成熟的开始。读到某些创业者的故事时，会有让自己眼前一亮和耳目一新的感觉。马铁民把生菜种植做到亚洲第一；孙君庚把面条玩出新花样，开发出五大系列400多个品种；刘文新从售茶，做到茶文化、茶旅游和茶扶贫。刘京京在嘉禾一品提供外卖服务后，拓展高铁套餐、开发自助早餐。在川味火锅占据主流的火锅市场，捞旺火锅的叶锦盛熬出猪肚鸡汤火锅，云南的李琰炖出骨头汤火锅等，这些超越同行的做法为企业发展赢得了先机和优势。

不断创新是企业家实现超越的力量源泉。市场总是在变化，应对不确定的未来，需要不断创新，这一点在这些创业者身上也表现得很突出。发展电商业务就是一个例子。林家铺子、想念面条、嘉禾一品等企业都开展了线上业务，且成为公司业务的新增长点。2020年的疫情进一步催生了电商业务。先行一步的企业必将进一步受益。马铁民建立“阿里云＋政府＋企业”的三方合作模式，开始做智慧农业的探索。林家铺子经过艰难过程，完成水果罐头的自动化改造，并最终取得成功，也是企业追求创新可以借鉴的事例。

承担社会责任

承担更多的社会责任是企业应有的功能和义务。社会进步的重要标志是企业能为客户创造价值，能为股东、员工、社会等利益相关者创造效用。本书所列的企业家，有的在发展过程中承担起令人尊敬的社会责任，已经在践行企业的社会责任了。刘文新在发展信阳毛尖茶生意的过程中，把茶产业开发与带动扶贫工作结合起来。马铁民在蔬菜种植中，开展精准扶贫，带动10万人致富。读到这些情节时，我深受触动。中国的企业家在创业过程中，不仅要作为致富带头人去发展企业和振兴产业，还要提高企业发展水平，培养优秀员工，更要有社会责任心，以行动造福社会，建设美好国家。

目 录

嘉和一品：

养生粥里的百味人生

在越来越多的商人选择用火锅、创意菜快时尚餐厅吸引消费者的时代，在北京，有一个卓尔不群，主打养生粥品的品牌总是出现在繁华商圈的街边，它就是嘉和一品。董事长刘京京是餐饮行业少数的女企业家，专注经营嘉和一品已经15年了。在刘京京的带领下，嘉和一品门店正向200家迈进，2019年销售突破10亿元。

嘉和一品创始人刘京京

始于 19 岁的创业之路

1992 年，刘京京考入首都经济贸易大学学习贸易经济、企业管理。还在上大学的 19 岁的她，就利用课余时间开始创业，自己做老板开礼品店，毕业时已经拥有了十几家店。与此同时，她也希望到大型集团公司锻炼自己，随后进入中国国际期货经纪有限公司，以优异的业绩成为全国第一位女性期货基金交易员。

从事期货交易三年，刘京京在餐饮业中发现了商机，除了开酒楼，她还开过茶餐厅、台球厅、美容美发店、书店、网站、装饰设计公司……2003 年，北京成府路上不足 200 米的距离内，就有刘京京开的十来家店。

沉重打击后诞生的专注经营

正当刘京京在众人艳羡的眼光中踌躇满志的时候，“非典”势不可当地袭来。一时间，北京市所有人员聚集的场所全部歇业，其中也包括她开的餐厅。那时，刘京京刚刚投资的几家新店几乎用光了她所有的积蓄，原本以为生意会蒸蒸日上，却因为这次猝不及防的停业，破碎了她的梦想。随之而来的是十几家店几百个员工每天的吃住开销，需要缴付的房租和货款，家里还有嗷嗷待哺的女儿。无奈之下，刘京京顶着巨大的压力以 10% 的月息向别人借钱，一分不差地给员工发工资，供应商的款项也没有拖欠。为了让员工们能有积极阳光的心态，她还组织他们在店里看书、培训、做游戏。就这样坚持着，关门一个月后，疫情终于得到缓解，各个门店相继复业。刘京京终于扛了过来，虽然元气大伤，但也不至于倒闭破产。

三年期货交易的锤炼和多年的商海浮沉让刘京京的内心变得更加强大，这次“非典”的经历让她意识到，只有精力和资金都足够专注，才能提高成功的概率。“非典”期间，她看到了人们对健康的渴望和追求，于是在2004年，她在清华南门开起了自己的第一家粥点餐厅，取名“嘉和一品”，并决心打造一个以养生粥为特色的品牌。

旧经验指导新事业

刘京京告诉自己：首先要放眼长远，正视现实，分析客观优劣，扬长避短，制定战略。然后再利用科学的技术手段和方法，强化细节管理，从而提高效益。

2006年，为了实现“百店一味”，刘京京在大兴设立了第一代中央厨房，开始进行标准化生产，但在执行的过程中产生了诸多难题。一方面，当时国内很少有餐饮企业使用中央厨房标准化生产，没有可借鉴的成熟经验；另一方面，中餐的标准化生产远比西餐难度大。嘉和一品当时只有6家店，一旦标准化生产，就增加了人员成本和物流成本，原本盈利的店就又将面临亏损。此外，改变员工的工作习惯也是一个难题。现有员工多是常年直接凭经验在厨房制作的师傅，他们不习惯重量精确到克、时间精确到秒的标准化生产方式。

重重困难当头，嘉和一品选择迎难而上。不过，当发展到了20家门店的时候，粥品制作还没有完全实现标准化，大部分粥品的熬制还是由店铺的粥档师傅来把控。就在刘京京准备将标准化生产继续推进的时候，一件让她意想不到的事情发生了。一夜之间，公司一半的粥档口厨师提出辞职，选择了离开。

原来，竞争对手欲模仿嘉和一品的模式，以翻倍的高薪挖走了嘉和一品的一位大师傅，随之这位大师傅手下所有的徒弟也离开了嘉和一品。还好刘京京有把控风险的前瞻性，公司管理干部和门店其他岗位的员工在粥品制作方面也接受过系统性的培训，关键时刻所有干部全员补充到粥档一线，成功顶替了离开的厨师。通过强化培训新人，渡过了难关。这件事更让她下定决心，生产环节绝不能过于依赖个人，也验证了标准化生产的重要性。从此，刘京京要求配方、底粥、菜品腌制都要在中央厨房进行标准化生产。

如今，在各个城市的餐饮娱乐等公共场所里，为顾客提供无线上网服务似乎已经成了必备条件，但其实早在 2002 年，刘京京就已经这么做了。因为以前做过期货交易员，又开过网吧、做过网站，她知道数据化、信息化系统可以让信息突破空间的束缚。2002 年，她在清华南门开的茶餐厅就已经实现了全场 Wi-Fi 上网服务。她也想将嘉和一品打造成全国第一家全面实现信息化、远程管理的餐饮企业。

首先是流程化的管理。选材、采购、订货、加工、配送、出品、反馈、质检，全流程可追溯管理，实现最佳路径，每一步骤都有对应责任人。在流程化管理中，原本需要多人、多次的管理，变为信息化终端的统一管控，直接提高了出品效率和应急能力。从优化采购、加工、配送，再到餐厅终端，全过程 ERP 管理追随。

其次是精准化。嘉和一品自主研发的成本核算系统已经相当精准：材料的消耗可以精确到克，保鲜时间精确到小时。可以反馈到订货量，杜绝成本浪费。

再次是远程化。在总部办公室通过远程监控中心，随时可以看到各门店的运营情况，如顾客就座率、顾客点的菜品、人均消费等。通过这些原始数据可分析出菜品排名，精准的数据分析也有利于营销及成本战略的管理。在门店里的屏幕上还可以看到后厨的监控视频。信息化还体现在OA办公、文件审批、人脸识别等细节中。

但是全方位的信息化普及对很多老员工来说困难较大，他们对电脑等信息系统的使用有很大的抵触心理，有的员工甚至选择离职。对此，刘京京颁布奖惩制度，对信息化执行到位的员工给予奖励，相反末位淘汰。在后来的8年时间里，中央厨房进行了两次更新迭代，如今成了全国主食加工示范基地，为行业提供OEM代工业务的加工中心。

2009年嘉和一品得到天津红杉等几家企业的入资；2011年从上海云锋再获融资；2013年，嘉和一品突破100家门店，年营业额达到了3.3亿元。

涅槃重生

企业发展蒸蒸日上，可刘京京却遇到了一个意想不到的致命考验。2013年12月，刘京京因为身体有点儿异常反应，到医院就诊，被要求做病理切片检查。一周后，刘京京取完结果找医生询问的时候，医生竟然告诉她“你这是滋养细胞肿瘤，转移最快的一种癌症。如果转移了，生命也就半年了。要马上开始化疗”。刘京京当时愣住了，感觉医生在跟她开玩笑。

“电影里演的不是这样的，即使真是得了癌症，医生也会偷偷告诉家人，不会这样直接告诉病人的呀？这不是真的吧……”

可人生毕竟不是电影，这一切都真实发生着。面对癌症，刘京京只有两种选择：一种是进行化疗，治疗时间较长；另一种是手术切除，时间虽短但风险很大，甚至有生命危险，即便手术成功，如果切除不干净还需要二次手术。

两条路，无论哪一条对刘京京来说都意味着痛苦和风险！而在这种时候，她最担心的却不是自己，而是“我不想让我憔悴的面容，病弱的身体，影响团队的士气，所以，我绝不能化疗，我选择直接切除，要在能爬起来的时候，精神饱满地站在我的员工面前。嘉和永葆激情、奋勇拼搏的斗志不能散”。

不能让自己的病痛影响到整个企业，这是刘京京想到的最重要的事情。不用去医院检查的日子里，她仍然坚持工作。关于病情，她对公司员工只字未提，甚至隐瞒着自己的家人。

手术前夕正赶上她小女儿两岁生日，女儿哭着闹着想找妈妈，而刘京京并不想让女儿看到病房中的自己。无奈之下，丈夫将女儿带到医院旁的商场，和刘京京一起为她买了一个蛋糕庆生。看着小女儿满脸泪水，一步一回头地被爸爸拉走的背影，刘京京的眼泪再也忍不住了，想到自己也许没有机会陪女儿过下一个生日了，她泪如雨下。这是她知道自己得病后第一次流泪。在与生命赛跑的二十多天里，刘京京想得最多的是，如果自己不在了，嘉和一品的未来该如何安排。手术前，刘京京没有为家人写下一字一句，却写下了几十页关于嘉和一品的未来规划。

幸运的是手术很成功，术后刘京京完全恢复了健康。这段难熬的岁月就像是对刘京京的一种考验，通过了考验的她，会带着嘉和一品涅槃重生。

针对核心消费群，灵活应变

大病初愈，刘京京只想一心一意地经营好嘉和一品，让企业的优质品牌形象在行业内扎根，但餐饮行业快速迭代的现象却引起了她的注意。近年来，各种创意性网红餐饮品牌在北京层出不穷，休闲餐广受欢迎，而传统粥品却被慢慢忽视。

是时候做出改变了。粥作为一种传统饮食，在中国已经有几千年的历史。在刘京京看来，当细腻温软的粥淌入身体，方能体味“莫言淡薄少滋味，淡薄之中滋味长”。对于粥这种温润的食物，最初嘉和一品的店面采用了素雅的中式古典风格，可后来通过市场对比，刘京京发现传统中式风格并不能吸引太多年轻消费者，而以 90 后为主的年轻消费群正是未来餐饮消费的主力军。为了扩大消费群，刘京京计划改变店面形象。

刘京京专门聘请了品牌设计公司打造了第四代店面形象，决定彻改中式风格为小清新风格。对于这一尝试，员工们并不知道会对店面营业情况有多大改变，但刘京京却信心十足。

长期大范围的店面改造使很多店面无法开张，这让嘉和一品 2014 年的销售额增长缓慢。在维持营业的店里，刘京京在菜品上狠下功夫，目标同样锁定以年轻人为主的核心消费群体，让店铺从菜品到环境，自内而外地适应核心消费群。

菜品研发部门负责针对目标顾客进行创新研发，每个月都会开展新品品鉴会，参与品鉴的员工们给新菜品打分。每次参与品鉴的菜品有 20 道左右，但真正能通过刘京京这一关走向市场的，最多只有两三道。

菜品研发总监王福建是四川人，研发了多道麻辣口味的创意菜。蜀都冒菜是他研发的辣口味创意菜之一，没想到上市之后受到广大年轻消费者的欢迎。餐厅每天一开火就会先准备出 20 份蜀都冒菜给外卖备用，随后还要准备 20 份给堂食。在王总监的印象中，有一道家喻户晓的家常菜鱼香茄子，看似简单的菜品，他们当时却研发了不下 30 次。为了让这道菜在市场中脱颖而出，他们在刘京京的要求下不断对比其他餐厅的鱼香茄子，根据品鉴的改进意见，一次次在口味上进行微调。

刘京京经常和员工们说要让到店吃饭的每一位顾客都能像回家吃饭一样安心。而这种安心即便是在一个最不起眼的原材料上，都能得到淋漓尽致的体现。

2018 年夏天，嘉和一品推出了冰饮。在冰饮中，重要却又不太起眼的一个原料就是冰块。由于国内生产冰块的厂家并不多，而且规模有限，为了追求冰块的品质，刘京京特意派人在一个月之内走访了北京周边的多家冰块生产企业，几经周折终于选出了一家综合实力最强、质量管理最好的冰块生产企业作为嘉和一品的冰块供应商。

冰块虽小，却关乎食品安全，刘京京不会忽视任何原材料的安全问题。为了严把食品安全关，刘京京要求嘉和一品采用保鲜期的管理方法，而不是保质期，即一个食材的保质期如果是 7 天，那么保鲜期也许是 4 ～ 48 小时。所有食材都会在生产时贴上时间标签，一旦超过保鲜期，马上废弃，从而确保所有食物都在最佳口感期内奉客。

几个月后，第四代店面改造全面完成，中式粥店摇身一变为休闲餐厅，由于嘉和一品品牌崇尚“和文化”，谐音荷文化，因此荷花元素也被恰当地融入设计当中。讲究养生，注重清淡饮食、

第一代餐厅

第四代餐厅

第五代餐厅

嘉和一品总部远程监控中心

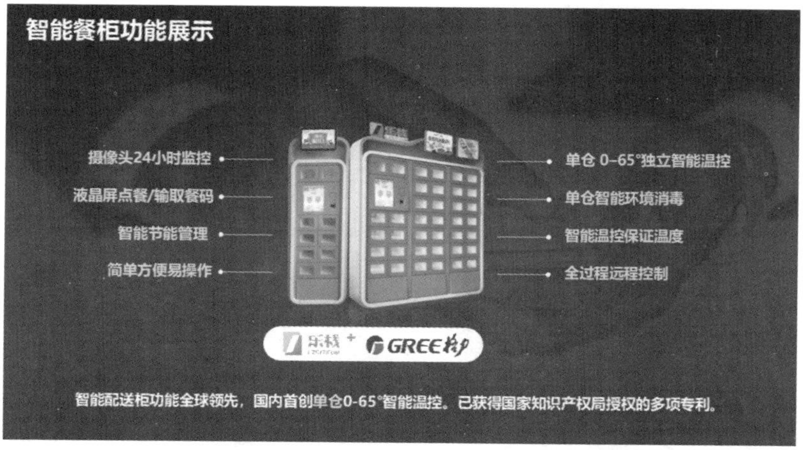

乐栈机柜

养生粥品

鲜虾秋葵粥

保持身材的时尚年轻群体果然被明亮简洁的店面环境所吸引，嘉和一品 2015 年的营业额实现了快速增长。

企业信誉决不能蒙尘

做企业如大海行舟，总是一波未平一波又起。2012 年，嘉和一品贷款一个多亿建设了 35000 平方米的研发及配送中心。2015 年年底，原本每年都很顺利的续贷突然需要增加一个房产证变更手续，但当时恰逢北京市住建委合并，暂停一切手续办理。这突发情况导致刘京京必须一个月内还清 7000 万元贷款，如果逾期还款，将会直接影响嘉和一品的信誉，这也是刘京京最担心的问题。庞大的金额压得她喘不过气来，焦虑得 20 多天睡不着觉。

刘京京彻夜难眠，身体状况越来越糟糕，即便只是站立五分钟，都会颤抖不已。一贯清晰的思路，似乎也在离她而去。一次去接女儿回家的路上，刘京京中途不得不把车停在紧急停车带。之前去过无数次的地方，熟悉得不能再熟悉的路口，她竟然不知道该往哪儿走了。姐姐和弟弟强行送她去住院。通过药物治疗，她终于能够连续睡着几个小时了。

刘京京虽没告诉家人自己遇到了什么困难，但他们却也猜到了。她的母亲和姐姐毅然决然把房子挂牌出售了。为了马上得到现金，她们的两套房子分别以低于市场价 100 万的价格卖了 2000 多万，收到的全部现金在第一时间给了刘京京。

家人衣不解带、寸步不离地在医院看护她。后来她才知道，医生提醒家属抑郁症病人可能会有自杀的倾向。其实，刘京京从没想过自杀，她知道如果自己倒下了，这几千万的贷款也许就真的无法还上了，她更放不下嘉和一品。刘京京想的更多的是该如何解决问题。终于，通过向朋友、家人筹借，她最终筹齐了7000万还款。一个星期后，房产证也变更完成，新的贷款批下来了，危机度过去了，但家人的房子却收不回来了。刘京京和家人的一切努力，仅仅是为了避免公司的逾期还款记录。如今房价大幅上涨，家人损失了近1000万，曾有人问刘京京会不会后悔，她毫不犹豫地说："如果重新选择，我还是会这么做！因为无论如何，维护嘉和一品的信誉都是我的第一信念。"

这次经历更让她认识到：深思熟虑下也难免有波折。风险无处不在。天灾人祸、不可抗力，时时都可能降临，越是面临绝境，才越考验品行。无论付出多大的代价，都绝不能让嘉和一品的信誉蒙尘。

外卖中的商机

如今，外卖已经十分普遍，其实早在2008年，刘京京就嗅到了外卖的商机。她通过写字楼附近商圈店铺的观察，率先启动了一个大胆的尝试。刘京京发现，店里用餐的顾客多是附近写字楼的白领，中午吃饭时间短，没有时间等，于是就开始考虑发展送餐服务的商机。当年刘京京从订飞机票、火车票的订票话务系统中得到启发，带领公司自主研发了co-center话务中心，开展网上订餐和电话订餐，每天可以有15万元的外卖收入，这个量相当于开了8家门店的日营业额。

网络及电话订餐在当时带来了可观的收益，可没想到的是顾客的满意度却下降了。原来，外卖单数多了以后，由于送餐员要一单一单送餐上楼，后面送到客人手里的餐已经变凉了，且等待时间很长，尤其是在用餐高峰时段。同时，堂食也受到了外卖的影响。刘京京知道外卖送餐是商机，这个生意不能停，所以减少配送时间、物流成本，想办法保温，是最紧要的。

刘京京就思考，可不可以有一个柜子，能把套餐提前做好之后放入柜子里，顾客按约定时间来取餐，而且取出来的套餐总是温度恰好的。于是 2013 年，她找到格力公司，合作研发了一款智能设备——乐栈智能柜。

这个柜子既能做到 60 度恒温保存，允许商家错开用餐高峰提前做好套餐送入柜子，又能使物流成本降低。2014 年投入使用后，嘉和一品外卖的矛盾迎刃而解。乐栈智能柜一直沿用至今，并作为外卖平台的外卖存储工具使用。随着移动端支付的普及和物流的飞速发展，2014 年，三大外卖平台崛起，手机点外卖已经成为国人的消费新方式以及餐饮商家们的重要盈利渠道，嘉和一品外卖的营业额也从 2008 年日均 15 万元左右，到 2015 年实现了 344% 的增长。

在铺天盖地的外卖竞争中，嘉和一品再次敢为人先，直接把外卖送到了高铁上。2017 年 7 月，12306 平台与嘉和一品达成合作，嘉和一品成为第一批往高铁上送外卖的商家。乘客只要通过 12306 手机客户端下单，外卖便可在沿途站被送上高铁。以嘉和一品石家庄火车站店为例，2017 年 9 月的网络订餐外送收入占营业额的 10.5% 左右。

刘京京认为高铁在外卖领域还是一片空白，市场前景非常好。有需求就有市场，今后刘京京还打算针对高铁订餐定向研发产品，为此她做了很多准备。她考虑到火车是一个封闭的空间，提供的菜品味道不能太浓郁而且要实现保温。她还细致地考虑到不要有太多的包装物，因为在封闭空间里清理垃圾毕竟是麻烦的。另外在旅途过程当中需要吃一些软糯的、比较养胃的这些东西。嘉和一品会有针对性地研发更多的高铁外卖套餐，还将加密在各个火车站的门店布局。

嘉和一品探路自助早餐

2018年6月，嘉和一品正式推出“星级自助营养早餐”。每位顾客只需花费15元，即可享受30余种早餐产品，同时还在线上推出了“早餐月卡”的售卖，受到广大消费者的好评。

嘉和一品此次推出自助早餐前期经历了8个月的市场调研，在调研过程中发现虽然在消费端有很旺盛的早餐需求，但早上上班族时间比较紧、提供早餐的餐厅较少等因素，也成为早餐消费过程中的痛点。刘京京认为，消费者需要的早餐首先要快、便利；其次随着消费升级，消费者对于早餐的需求也更加趋向于健康搭配以及多样化。因此，嘉和一品就调研反映的市场需求结合星级酒店的早餐模式在门店中推出了自助早餐。

嘉和一品“星级自助营养早餐”新模式的到来，将为北京开启营养早餐的新时代，人们的早餐变得丰富而便捷。嘉和一品在满足不同人群不同需要的同时，也让早餐文化渐渐走向品质与健康，惬意地享受一日之晨的美好，为充实的一天蓄满能量。

疫情下的嘉和一品：人在店在一定能恢复兴旺

2020年的春节遇上新型冠状病毒肺炎疫情，餐饮行业如坐针毡。疫情的蔓延让以线下消费场景（堂食）为主的餐饮行业面临着最为严峻的困难时期。刘京京凭借着2003年战胜非典疫情的经验，针对新冠疫情，快速响应，第一时间成立“应急保障专项小组”，各部门通力协作，全力配合，几方面发力，并取得了一定成效。同时，她更积极地为行业渡过难关而努力，为餐饮行业打赢这场攻坚战积极建言献策。

相较于大多数“经营刹车”的餐饮企业老板，刘京京却比之前任何时候都要忙碌。作为嘉和一品公司创始人兼董事长、应急保障专项小组的负责人，在疫情发生以来，刘京京一直没有停止过工作。

员工是企业最重要的资产。在疫情还未大范围扩散时期，嘉和一品首要保障在京未返乡员工的安全，并快速、统一地采购防护用口罩、消毒剂等相关产品，以保障企业员工与消费者的安全。此外，为了缓解、消除心理担忧与不必要的恐慌，嘉和一品向员工提供了可操作的室内健康娱乐活动；面对疫情之下的“无接触”、“非堂食”考验，公司深挖互联网技术与应用，员工线上培训开始有序开展。

餐厅每日的消毒防疫和员工防护工作密集而繁琐，员工每日在岗要多次测量体温，并按时进行手部消毒、佩戴口罩，餐厅内桌椅、地面、用具两个小时一消毒，事无巨细，丝毫马虎不得。此时正是用人之际，却也是缺人之际，为了确保员工的安全，非一线员工都被要求在家或宿舍里等通知，作为董事长的刘京京亲自下店巡查，每天都要跑上好几家门店。

嘉和一品是刘京京经历 2003 年“非典”洗礼之后而创立的，也是她涅槃重生的起点。曾经的非典时刻似乎还历历在目，创业一路顺风顺水、高歌猛进的她，突然面临资金只出不进，依赖 10% 月息借来的钱，每天照顾一百多名员工的起居生活、健康安全防护，实在是捉襟见肘，战战兢兢。“但我心中始终有个信念，就是一定要坚持住，只要人在，店在，就一定能恢复兴旺！”她如此坚信。

正是秉着这种信念，刘京京带领企业积极开展了自救，拓展每一个可能产生营收的销售渠道。趁着疫情期间客户对订餐的需求，嘉和一品顺势而为，启动团餐经营的新模式，同时与新零售嫁接，增加更多销售渠道；并发力小程序外卖，相较于第三方外卖平台，商家自有的小程序外卖无须缴纳佣金，把资源掌握在了自己手里；同时与顺丰集团合作，解决了配送问题，与格力智能柜启动合作，解决了保存问题。这一系列大刀阔斧的自救措施，把危机转变为了嘉和一品的机遇。

一场突如其来的疫情，让整个餐饮业被裹挟着进入了名副其实的“冰川时代”，刘京京亲自写给全体员工的《致全体嘉和人的一封信：风雨同舟，携手同行！》，却让置身“最冷寒冬”中的嘉和人，从心里暖了起来：不裁员，不停工，保供应，保民生，信中短短几则通知，占了不多的篇幅，却给员工吃下了定心丸；而大部分的篇幅，却是围绕着“感谢”、“关心”、“信心”几个词：“感谢大家特殊时期的付出与坚持！现在，无论是在家乡还是在北京的伙伴们，你们的健康是我最牵挂的，请大家务必做好消毒防护，以乐观的心情过好每一天。请放心，你们有嘉和一品这个大家庭的守护，一定可以安然度过这个风险时刻。”她在信中如是写道。

刘京京深知，在全国乃至全世界遭受疫情重创的危难时刻，企业需要的不仅仅是生存的智慧，更需要无畏的奉献精神与深刻的社会责任意识。得知北京市集中收治新冠病人的地坛医院，为疫情抢建的新住院部刚刚完工，但配套设施尚不完善的情况，刘京京第一时联合二十余家餐饮企业，火线支援地坛医院，为医护人员每日捐赠200多套营养美味的午、晚餐。而此次餐饮联合行动，仅是嘉和一品爱心义举的一环。自2月7日起，嘉和一品便已开始向潞河医院、顺义区医院、昌平区医院、大兴区医院的一线医务工作者免费送上爱心营养健康餐食，套餐囊括了经典皮蛋瘦肉粥、扁豆焖面、香浓酱肉包和糊塌子等最具口碑、最畅销的菜品。抗击疫情，大爱无疆，刘京京还自掏腰包，通过民建向疫情高发地区捐款；并和木兰汇的企业家们一起，向湖北省黄冈和孝感两地的11家医院和卫生院捐赠200万只医用手套。

考虑到一线医护人员“无法按时吃饭”、“防护服舍不得脱”、“担心近距离接触导致传染”等工作中的现实问题看，刘京京还携手格力董事长董明珠女士，向地坛医院新住院部无偿提供价值数十万元的“格力智能温控取餐柜”，并采用高科技“无人送餐车”配送餐食到医院，让医护人员随时吃上暖胃又暖心的美食，以“硬核高科技”表达餐饮人的满满爱心，向抗疫英雄们致敬！

以爱之名，行大爱之举。疫情危难时刻，刘京京迎难而上，为企业与员工谋生存，为行业渡过难关积极努力，更是扛起了“国家有难，匹夫有责”这面大旗，把社会担当、企业责任放到了第一位，把国人健康、员工安全放在了心尖上；在这个机遇与挑战并存的艰难时期，她与公司上下拧成一股绳，与万千餐饮人风雨同舟，经受住了考验，风雨过后，终见彩虹。

嘉和如家，和贵天下

企业文化是一个企业的灵魂、支柱，是在商海中航行的灯塔。嘉和一品非常重视企业文化的贯彻，刘京京始终弘扬“嘉和如家，和贵天下”的企业文化。

在员工眼里，刘京京除了有企业家精明干练的一面，对待员工，也总能流露出女性温暖细腻的另一面。员工大部分是外地人，他们漂泊在北京。刘京京希望能够给他们安全感、温暖感，把员工们当作自己的家人来对待。因为自己也曾经一个人支撑过一家小店，她能设身处地地体会员工的辛苦与难处，力图为员工们创造一个幸福的大家庭。

和谐健康的文化使得嘉和一品的员工流失率很低，并获得了“最受员工喜爱的企业”荣誉。刘京京在企业内成立了爱心基金，为员工们提供无息贷款；对于家里有困难、遭遇重大疾病的员工提供经济支持；每到过年，会给他们的家人寄一封信。

有些员工甚至已经跟随刘京京十多年了。肖建雄在2000年成为刘京京餐厅里的一名员工，刚来的前两年几乎做遍了从前厅到后厨的每一个岗位，包括传菜生、服务员、调酒师、领班、库管、收银主管，如今他已是嘉和一品餐饮管理有限公司的运营副总了。他认为跟随刘京京工作的十几年，自己获得了很多能力上的成长，生活条件也得到了明显改善。近几年有很多企业以更好的待遇为条件挖他跳槽，但是对肖建雄来说，嘉和一品给予了他太多培养、机会与归属感，嘉和一品不仅仅是一家公司，也是他不愿离开的港湾了。

刘京京常说，每次在公司的楼道里碰到老员工，就像看到了自己的家人一样，满满的幸福感。

企业如家的同时，刘京京要求员工们对待每一位顾客也像家人一样，用发自内心的微笑来面对顾客，用最好的服务态度对待顾客，不是要追求说出“欢迎光临”，或者微笑要露出几颗牙齿的刻板标准，而是能够像员工自己的家人来了一样，搀扶着老人，逗逗孩子开心，让顾客觉得很自在地吃着舒服的清粥小菜，让每位顾客进店后都有一种回家吃饭的感觉。

嘉和一品的菜品很多都是清淡的家常口味粥点，在招待顾客的食品上，刘京京要求后厨的员工就像给家人做饭一样，“如果这个东西你不会给你的家人吃，就不要用”，让顾客可以完全放心地去用餐。

近年来随着城市化的推进和消费的升级，北京的餐饮竞争越发激烈，不少餐厅在竞争中濒临倒闭。截至 2016 年 12 月 31 日的统计，北京市的餐厅存量为 147575 家，相较年初的餐厅存量减少了 25001 家，减幅达 14.5%，日均减少 68 家。

在北京餐饮白热化竞争的浪潮中，能够不亏损已经不是一件容易的事。而近三年嘉和一品一直在保持稳健增长。面对外界的竞争，刘京京的心态十分平和，也许是因为她丰富的人生阅历，也许是因为嘉和一品一直以来“嘉和如家，和贵天下”的企业文化。刘京京说：“餐饮业是百花齐放的市场，你做得再好吃，顾客也不可能天天喝粥，他可能也需要调剂，今天吃米饭，明天吃面条，我觉得大家是合作共赢的。”

不断探索，填充蓝图

刘京京深知面对竞争，唯有不断改变，不断探索。从 2016 年开始，为了适应年轻人的生活方式，店内还增加了微信点餐功能，不仅提高了顾客满意度，还缓解了高峰时段的人力紧张。来店用餐的顾客中不乏小朋友，嘉和一品研发了童趣套餐和小熊包等针对儿童的面点和菜品，并在店内橱窗里提供一些供小朋友玩耍的气球，全方位提升顾客用餐体验。

2017年，刘京京又提出“时尚轻养生”的理念，在第四代店面的基础上注重打造原生态用餐环境，突出品牌文化。刘京京从法国香榭丽舍大街的时尚橱窗获得灵感，在新一代店面改造中增加了蜻蜓、流水、荷花等元素，做成荷塘月色场景化橱窗，突出了纯净、自然、和谐的品牌文化，给顾客带来了更享受的用餐体验。

经营嘉和一品十几年来，刘京京曾多次登上全国餐饮十大风云人物榜单，也曾被多次邀请担任餐饮创业导师，将自己的创业及经营心得分享给想要创业的人。为了让自己的餐饮经验为更多人带来帮助，刘京京联合15位餐饮界极具影响力的领军者共同发起了一个行业服务平台——餐讯网，于2017年5月7日上线。

餐讯网是一个凝聚了数十年餐饮人经验和智慧，提供餐饮行业业内资讯与指导的网站，也可以在手机客户端了解行业动态、法律法规、价格公示，还有行业会议直播、在线课堂等。刘京京希望餐讯网能够发展成为中国餐饮人通用的掌上宝典，以先进的互联网信息技术，让餐饮人凝势聚力，互帮互助；让每一位餐饮创业者，都能从这个掌上宝典，轻松学习法规制度、经营方略，从而提升整个行业的发展水平，为消费者带来更好的体验。

著名科学家钱学森称“餐饮业是百业之王”。因为要打造一个餐饮品牌，从农业、生产、物流、装修、服务、营销，各行各业你都得精通；要让成百上千的员工，都具有吃苦耐劳的奉献精神。嘉和一品在16年的发展历程中，出色完成了奥运会及园博会供餐任务；并且不断突破、创新，从开放中央厨房、中餐标准化、营养配餐到全面PSAR科学管理体系，从智能配送到智慧餐饮，开创了多项业界先河。

2019年10月1日，56名嘉和一品员工代表全国爱岗敬业的服务业者参加国庆70周年天安门游行“美好生活”方阵；创始人刘京京作为“全国巾帼建功标兵”代表受邀在天安门参加国庆观礼。

对于嘉和一品未来的发展规划，只有刘京京自己清楚从医院拿回来的几十页纸到底画下了一张怎样的蓝图。接下来她还打算在营销方式、顾客消费心理上有所突破，让更多人把嘉和一品当作一种不可或缺的健康生活方式，并一步一步脚踏实地地把她的构想变成现实。

胡大：
北京簋街的小龙虾名片

篡街是北京饮食文化的代表和时尚餐饮的标志，这里有200多家商业店铺，即便是夜间寻来，也会有丰富的美食来满足食客的味蕾。对于很多人来说，“夜游”北京的经历，都是从簋街开始的。

簋街上的胡大饭馆是很多游客来北京一定要打卡的餐厅，即便是门口排起了长队，也并不会影响大家想要品尝美食的心情。

胡大掌舵人郭冬

他的到来

说到这家企业的发展之路，胡大饭店21年，前半程平平淡淡，后半程红红火火，这条繁荣之路的拐点，源自一个叫郭冬的年轻人。

郭冬的老家在安徽芜湖，2001年，16岁的郭冬初中毕业，经同乡介绍来到北京，进了一家餐厅的后厨，开始了打杂的北漂生活。年少的郭冬看到了北京的车水马龙，也感受到了生活的不易。仅隔一年，他便放弃了漂泊的生活，回了老家，做起了建材销售的工作。也许是16岁那年已经在不经意间，把梦想遗留在了北京的车水马龙里，2003年，18岁的郭冬再次北上。这一次，他没有再犹豫，也未承想，就真的在北京扎下了根。

重新回到北京后，郭冬沉下心来，开始在中国建筑出版社做图书销售工作。因为踏实肯干，郭冬从业务员开始，一步一个脚印，做到了销售经理，事业小有成就，美好的生活已经近在眼前。在这个行行都能出状元的年代，踏实而有目标的坚持显得难能可贵，那时的郭冬相信，自己只要继续努力，就能够在图书销售这条路上走得更远，取得更好的成绩。

人生如戏，只不过没有剧本。郭冬没有想到，自己认定的康庄大道上突然出现了一个岔道口，命运就这样直接推着他走上了另外一条路。

郭冬的岳母名叫孙玉珍，从20世纪80年代开始在北京簋街做小龙虾供应的生意。火红的小龙虾，红火的小龙虾市场，在这一片火热当中，孙玉珍决定把自己的生意扩大。1999年，孙玉珍在北京簋街创办了胡大饭馆，几经风浪，胡大慢慢地扎下根来。

孙玉珍卖小龙虾卖得不错，但是开饭馆却没有多少经验。胡大在当时和簋街其他的饭店比起来，也只能算是中下。2007 年，经过八年的风风雨雨，胡大依旧还是一家只有 20 张台面的餐馆。周围的饭店开了一家又一家，胡大虽然稳定，食客也不算少，但是终究没有多大的起色。

八年的时间能够让一个人更加成熟，也会让一个人慢慢老去，市场竞争越来越激烈，家里还有一对小儿女需要照顾，重重的压力堆在孙玉珍身上，让她有些力不从心。于是，孙玉珍决定找个年轻人过来帮她撑起胡大，继续前进。这个年轻人，就是自己的女婿郭冬。

2008 年，郭冬经过一番考虑后，辞去了图书销售经理的职位，开始接触这个他之前没有涉足的餐饮领域。此时的郭冬对管理餐厅没有任何经验，是一个地地道道的门外汉。商场如战场，在这风云变幻之中，胡大的未来看上去像是隔着一层迷雾，不知道会是什么样子。

初试牛刀，营业额增长三倍

食材的好坏决定了餐馆的成败，虽然郭冬没有多少管理餐厅的经验，却也明白这个最基本的道理。一番调查过后，郭冬发现，胡大的食材供应大有问题：蔬菜不够新鲜，甚至以次充好；辣椒干度不够；酱油和醋也都有质量问题……于是，他跑遍北京的各大批发市场，为每一种食材、调料选择特定的供应商，哪怕成本会提高，郭冬也绝对不允许食材再出现半点问题。

那段日子，这个顾不上休息的年轻人披星戴月，在北京拥挤的道路上来回奔波。终于，车辆的鸣笛声、市场的喧闹声渐渐远去，这段伴着月亮奔波的日子让郭冬找到了最佳的食材供应商，也建立了一套完整的食材供应机制。这套机制说起来，可以用两个字来形容：严格，甚至近乎苛刻。经过郭冬的东奔西走，胡大选择的已经是市场上最佳的食材供应商，而郭冬仍然建立了层层把关的机制，为的就是优中选优。以小龙虾为例，每天清晨，供应商都会将小龙虾逐一筛选。

“虾肉质不好的他不要，大的不要，小的不要，规格不好的他不要，然后虾黑了，不是湖里的虾，一律不要，都用的大湖的小龙虾。”

供应商所说的这些标准对于郭冬和胡大来说，是最基本的条件。熟悉了胡大标准的供应商在每次送货前，都会自己先把小龙虾筛选一遍。即便如此，来到挑货现场之后，按照郭冬的要求，小龙虾还需要按照大小再次分拣。

在小龙虾的分拣处，有 20 名挑拣师傅，分两批轮换，从早晨 7 点忙到晚上 10 点。挑虾师傅会根据小龙虾大小重量挑选出不同规格，分别为 5 元、6 元、7 元、8 元、10 元、15 元、20 元。不同的季节，价格也会稍微进行调整，公虾和母虾之间也有差别，这一切都有一个详细的挑选标准。而这种严格挑选的结果就是收上来的 8000 斤小龙虾，会被淘汰近 2000 斤。优胜劣汰，通过考核的小龙虾会被放入洗虾池进行细致地清洗，等待被送上餐桌，被淘汰的小龙虾则会退回给供应商。

“我们对供应商实施末位淘汰制，出现诚信缺失的供应商，我们会当成案例召集所有供应商开会通报，再也不与其合作。在同样的市场，我们会找比较大的供应商，但是一般十万块钱的货，在供应商中我们会选择两家到三家，避免一家供应商的货出现漏洞而我们没有弥补的机会。假如今天我们查出哪一家的货质量不行了，我们可以让其他家补货。我们现在所有食材都要做到日供，不会一次性大批量采购，包括油盐酱醋。”

淘汰、补充，郭冬没有被市场最佳四个字迷惑，有备才能无患，无患才能安心发展，在这严格的挑选和供应机制背后，是郭冬对精益求精的追求。这样的流程，日复一日地进行着。胡大给供应商的是一等的价钱，供应商也要给胡大一等的货，公平的交易配上严格的标准，这正是小龙虾鲜美的源头。

而有的时候，制度也不是万能的。在一次厨师长例行收牛蛙时，将个头和鲜活程度都符合要求的牛蛙收了回来，但是用这种牛蛙做出来的菜却遭到了顾客的投诉。事后召集后厨研究，发现是牛蛙的品种出了问题。这种蛙叫虎皮蛙，肉质较老，却因为专业知识不足被收了回来。为此，郭冬又在胡大推行了“师徒制”。

“要避免这种事情的发生，就要不断学习知识提高能力，这方面，胡大的老员工是我们很大的财富。胡大实行师徒制，老员工带新员工，这样才能保证过去犯过的错误现在不会犯。”

食材的问题解决了，追求极致、亲力亲为的郭冬却并没有停下他的脚步。郭冬很重视饭店工作人员的意见。工作人员的需求，郭冬会在第一时间解决。他认为，一线员工提出的工作需求就是自己改善的方向，只有满足了这些需求，才能更好地服务消费者。

厨师反映后厨环境差，炒菜用的火是自然火，速度慢而且味道差，郭冬就亲自对后厨的硬件设备进行安装更新。下水道堵了，郭冬自己通；设备坏了，自己修，这个脚踏实地的年轻人，用他的热情和行动力为胡大增添了新的活力。

2008 年，为了迎接北京奥运会，政府统一对簋街的饭店门头进行设计整修，借着这个机会，郭冬也将胡大的店内环境进行了一次整修。在此之前，胡大的店内灯光将整个餐厅映衬得有些昏暗陈旧，而这一次，郭冬要让这种气氛成为历史。一时间，那个原本刻着上个世纪痕迹的胡大饭馆，焕然一新。

在郭冬看来，自己这么做既可以树立榜样，又可以更加了解饭店经营的每一个细节。郭冬所做的一切也被岳母孙玉珍看在眼底，她欣赏这个年轻人做事的劲头和创新的精神。2008 年年底，孙玉珍将胡大完全交给郭冬去打理，在这一刻，郭冬真正成了胡大饭馆的掌舵人。

焕然一新的胡大，用一往无前的姿态，开始了新的发展之路。2009 年年底，胡大饭馆的营业额突破 1500 万，比起之前的营业额，增长了三倍多。也正是这一年，胡大的门口开始排起长队。

胡大越来越火，队伍越排越长，扩大规模似乎是顺理成章的事情，而郭冬却没有想到，这件事却险些砸了胡大的招牌。

数量与质量间抉择，管理变福利增效

胡大火了之后，很多外地的食客慕名而来，品尝过后，赞不绝口。看到胡大的生意这么火爆，许多食客看到了赚钱的机会，纷纷找到郭冬，想要做加盟。

这在当时的郭冬看来，是一个可以快速扩大胡大品牌影响力的好机会。他立刻行动起来，陆续在呼和浩特、天津、沈阳、无锡开起了加盟店，一切都在有条不紊地发展着，这些加盟店开业的时候也是轰轰烈烈，朝气蓬勃。

而仅仅三个月过后，一些加盟店就开始出现管理不善的现象。品质得不到把控，菜品的质量参差不齐，食客投诉不断，不得已

2008 年整修后的胡大饭馆

企业文化建设

小龙虾制作

小龙虾成品图

纷纷关门。这突如其来的变故让郭冬心痛不已，品牌形象的受损是再多加盟费都无法弥补的。

为了巩固胡大的招牌，郭冬决定对加盟喊停。他坚定了自己的目标，不求数量，只求质量，不求多少家加盟店，只求把胡大经营成百年老店，让品质说话。高品质的菜品和服务为胡大吸引了越来越多的食客，门口的队伍越来越长，郭冬身上的担子也越来越重。

郭冬发现，有时候一桌客人走了，服务员不能及时到位清理，既影响了翻台率，也直接影响了胡大的收益。如何提高员工的积极性，成了摆在郭冬面前的又一道难题。

2010 年，经朋友介绍，郭冬参加了一个专业餐饮培训学校的课程，这一次的学习让他对管理的困惑茅塞顿开。经过实践，2011 年，胡大的营业额比 2010 年增长近 30%。而藏在这 30% 背后的推手，就是绩效管理。

胡大每个月都会规定一个营业额，只要超过这个目标，员工就可以拿绩效奖金，而这个规定的营业额却比去年同期的营业额要低，这种故意把目标压低，让员工赚取绩效奖金的做法成了员工的一种福利，大大提高了员工的积极性，直接影响到了最终收益。

爱和温暖是底色，不断学习和成长是企业文化的内核

在如今的市场竞争中，挖人的并不少见，跳槽的也司空见惯。而一位在胡大工作了十多年的厨师长，却拒绝了很多企业的热情邀请，坚定地留在胡大。按照他的说法，胡大是真心关心员工，替员工考虑。

“在胡大，第一，这里的家庭氛围比较浓；第二，企业舍得给我们员工花钱，因为我们每年学习的机会比较多，我在厨房也干了二十多年了，以前在别的企业干，从来没有出去学习这种说法，在这儿基本上每年都有两到三次的机会出去学习，让我们更专业了；第三，每年到年终的时候，领导都会跟我们总结这一年的收获、不足，让我们以后的目标明确一些，让我们知道路该怎么走。”

在关心员工这条路上，郭冬从来没有停下脚步。在营业额突飞猛进后，为了减轻员工的压力，500 人就能够做好的事情，郭冬硬是招了 700 人。

“我们前面火爆，后面的压力就比较大了，我们要考虑好前后端。做服务的，本身人一累了，状态就不好，我们增加人数，就是为了胡大能长久健康地发展。”

胡大门前的队伍越来越长，高峰时期甚至需要等上一两个小时，如此火爆的场面给胡大的工作人员带来了巨大的压力，几乎每个人都处在高度紧张的状态当中，疲惫在所难免。

而郭冬多招的 200 人，正是为了缓解这种状况。700 人的队伍能够保证大家轮流上岗。厨师可以工作半个小时，然后到休息区休息 10 分钟；服务员则可以工作一个小时，再休息 10 分钟。劳逸结合，休息充电过后，工作人员的工作热情依旧饱满如初。

“每个月，每个店的店长、厨师长、前厅经理各有一万块的团建费，不花还不行，必须要花掉。”

“餐饮业就是大家都放假的时候最忙碌，可胡大在年三十、初一、初二都放假，从 2008 年开始我们就在年三十举办胡大春晚，从导演、策划、表演都是我们胡大的家人。”

员工们对胡大的这些评价，印证了郭冬有多么看重胡大的员工，而这群员工也成为胡大最坚强的后盾。

“我们鼓励员工跳出舒适区，去学习自己不会和不擅长的东西，并愿意承担试错成本，不是为了为难谁，而是为了让员工更好地成长。”这是郭冬对于胡大作为平台价值的认识。

曾经的餐饮小白已经变得越发成熟，而那个曾经只有 20 张台面的餐馆，也在 2011 年年底，扩大到了 90 张。从 2008 年到 2011 年，从图书销售到胡大掌舵人，3 年的时间见证了餐饮市场的巨变，也见证了郭冬的成长。曾经那个在家乡和北京之间来来往往的少年，在搏击风浪之间，完成了一次华丽的转型。更重要的是，成长性思维、不断学习和迭代创新的精神，融在郭冬的骨子里，融在这家企业的血液里。

管理收获了成效，郭冬也有了信心继续扩大规模。2012 年下半年，胡大在簋街上开了二店、三店。并且从 2013 年开始，胡大每年都会在簋街上新开一家店，如今在这个全长 1472 米的簋街之上，分布着胡大的 4 家饭店，还有胡大旗下的 2 家红巷子。即便这样，吃胡大依旧要排队。最火的时候，胡大总店门口的队伍从中午十一点多一直排到凌晨三四点，叫号叫到 1800 多号。

在簋街，原本的老店已经没剩下几家，胡大却一路高歌猛进。在胡大借助小龙虾快速发展，其他饭店也在疯狂主打小龙虾的同时，郭冬却不停地推动菜品创新，更是靠着这种创新，帮助胡大闯过了一次次狂风巨浪。

以小龙虾闻名，以新菜品维稳，不断迭代创新

小龙虾在中国拥有千亿级的市场，从 2002 年开始，北京簋街就开始举办小龙虾节，渐渐地，簋街成了吃小龙虾的宝地。胡大，正是靠小龙虾起家。只是在郭冬看来，自己还要注重其他菜品的研发。

郭冬的这个念头，源自 2009 年的一次新闻报道。当时有媒体报道称南方某商家非法使用洗虾粉，导致食客中毒。消息一发布，就化作一片阴云，笼罩了众多经营小龙虾的饭馆，胡大自然也在其中。一时间，狂风骤雨，原本一片火热的小龙虾市场开始起伏飘摇，胡大的营业额，一度下降至原先的三分之一。福不双至，祸不单行。那段日子，关于小龙虾的负面新闻时常传出，每次都会对胡大的营业额造成不小的打击。

面对这样的情况，郭冬意识到单靠小龙虾一个菜品根本不足以支撑胡大的发展，想要火得更久就要推陈出新。组织研发新菜品，不停地改善老菜品，尽力减少负面新闻对胡大造成影响。为此，郭冬特意成立了专门的菜品研发团队，到各地学习采风，根据市场流行以及一些时令性的食材进行菜品研发。研发过后，郭冬会和胡大的高管一同品尝，力求每一道菜都能够做到精益求精，甚至有一些菜品需要研发两到三年。

当一道道新的菜品被写上菜谱，一道道老的菜品得到改良，收获的是一片片赞誉。

2014 年，媒体又报出上海某餐馆因虾尾处理不当导致食客中毒。一时间，风波又起。只是这一次，胡大承受住了压力。虽然小龙虾的销售受到了影响，但是在胡大，除了小龙虾，食客还拥有许多选择。这一次，胡大的营业额并没有太大的波动。5 年的努力，在这一刻开花，越发成熟的郭冬也逐渐成长为一个优秀的掌舵人。越是成长，越是明白细微之处见成败。

“经营餐饮，要满足消费者的需求，就需要不断地发现问题、完善细节，才能每次都带给消费者不一样的体验。”

有一次，有顾客反馈，打包回去的小龙虾，带回家后肉质变差。一番研究过后，胡大的工作人员发现，由于当时的打包盒是碗型，小龙虾会浸泡在汤汁当中，长时间不食用，肉质就会发生改变。了解到这个情况后，郭冬立刻要求采购部定做方形的餐盒；要求前厅经理进行试验，研究如何摆放小龙虾最美观；要求后厨确定汤汁量，研究怎么做到又好吃又不会让小龙虾出现浸泡问题。服务员看到有不会剥虾的顾客，会主动帮忙剥好，吃龙虾的手套会专门放到一个小盒子中……

一番努力，顾客看到了一个更加完善、更加令人惊喜的胡大，也正是因为这种对细节的专注，胡大有 80% 的顾客都是回头客。

“很多顾客十分注重细节的。你看我们这个杯子是法国箭牌，价钱可以买普通的好几个，我们希望买好的东西，让顾客有好的消费体验。还有这个抽纸盒，以前就是个袋子，很不方便。”

从杯子到抽纸盒，郭冬的创意不停地被同行模仿。就连胡大的菜谱，每个月都要丢十多份。从细微之处见未来，自称是完美主义者的郭冬不断地完善着一个又一个细节。

“如果给一个餐馆打 90 分，60 分是菜品，那 30 分从哪来？就从你的装修、细节、服务上来，我们希望顾客每次来胡大，都有不一样的体验。”

从标准化促进到全流程减盐控油

胡大是以新派川菜和小龙虾为主打，减盐控油对于川菜来说似乎有些不可思议。但少油少盐、健康饮食是大势所趋。胡大从 2017 年开始对小龙虾和菜品的制作做标准化探索和实验，2018 年年初正式实施，主要包括流程标准化、选材标准化、设备设施标准化，用量标准化、用时标准化、用人标准化等等。

通过各种标准化的实施，不仅合理利用了厨房空间，降低了人员成本，保障了员工安全，更实现了精细化的管理，提升了菜品的出品标准化，同时降低了原料用量。比如：用盐量平均下降15%、用油量下降25%、鸡精味精调味品用量下降了25%。标准化，实现了减盐控油的目标，但并未影响产品口味。同时，为了让顾客吃得更健康，厨房菜品制作用水经过净化器过滤，虽然会增加企业的用水成本，但间接提升了菜品品质，让顾客吃得更放心。

曾经的略显稚嫩，如今的游刃有余，郭冬用自己追求完美、注重细节的精神，在北京的餐饮市场上刻下了“胡大”两个字。2018年，胡大饭馆三店、五店分别完成环境升级，各店营业额总额18710万元。

2019年9月28日，胡大迎来了20周岁的生日。从1999年发展至今天，胡大不断升级，已经不仅仅是一个餐饮品牌，更是这个城市的美食地标。来北京旅游一定要到簋街胡大吃一顿小龙虾才算圆满，无论工作日还是周末，走到胡大门口都能看见顾客在排队等候，这也成为簋街上一道亮丽的风景线。

“从整个团队来讲，每个人都在用心地做这件事情，然后都有一个共同的目标，我们把这个东西做好。再加上我们的目标不是说简单地通过这个平台来赚钱的，而是我们做好了又希望我们做得更好。更何况，我们想着把这个企业能做久，时间、品牌能做得更长一点。”

疫情黑天鹅之下，学做冬天的孩子

2020年1月初，郭冬凭着餐饮人长期关注用餐安全形成的敏锐嗅觉，在新冠肺炎疫情暴发之初，就第一时间加紧了门店的消毒防控工作，并时刻关注着疫情的发展态势，当机立断决定在2020年1月26日关停胡大旗下全部门店。

新冠肺炎疫情的冲击，让凭借现金流生存的餐饮业遭遇了史无前例的"寒冬"，一方面是巨额损失，一方面是亟待解决的企业防控问题。为了抵抗新冠肺炎，熬过艰难时刻，郭冬提出"三个场景硬核防护"的方针，从餐厅防护、员工管理、员工用餐三个维度保障企业人员稳定性。

成为一家有爱、有责任和有担当的好企业，是郭冬一直追求的。虽然营收受创，但胡大还是第一时间向湖北十堰疫区、北新桥街道捐赠防疫物资，向值守人员送暖心汤品，并派遣多名志愿者入驻北新桥街道，配合做好入境人员的防疫隔离工作。

员工的凝聚力和成长力，是胡大最大的财富。依照北京市实行的管理政策，所有人员入京都需要经过14天的隔离期，员工宿舍不具备隔离条件，企业就为员工找专门的隔离酒店，安排企业统一送餐，在保障隔离人员的健康餐食之外，安排送休闲食品、奶茶、水果给隔离员工，消除隔离的烦闷情绪。疫情期间，胡大菜品研发团队也未停下脚步，把季节性时蔬与胡大王牌产品做紧密结合，开发出新菜品春笋油焖小龙虾。除此之外，胡大组织员工线上学习，内修专业，外展视野。

抗疫要快，复工宜慢，胡大本着安全第一的原则，谨慎布局分阶段开展复工工作。第一阶段适应环境需求，开发自有外卖系统，无接触安全配送；第二阶段严格管控筛查，试点开放堂食，并将外卖和堂食分开两个门店做运营，从企业内部做好人员分流。

为了保障顾客用餐安全，胡大颁布最严执行命令，强制要求门店对每一名进店顾客做测温和健康码查询，并且实名登记留存信息。推行初期也有顾客不理解，嫌麻烦，但是经过门店人员的劝导，顾客也表示理解愿意配合企业做登记留存。餐饮人笑脸迎门，耐心是化解矛盾的核心力量。

寒冬终将过去，春风必将如约而至。疫情之下，胡大凝聚团队力量，用严谨的态度和科学的方法来迎接挑战，保障顾客的用餐安全。

“生存为本、灵活应变、全力坚持，我们相信好的企业是冬天的孩子，历尽风霜之后，必能傲骨而归。”

将太无二：

忠于品质的创意料理

从被人预言开不过3个月的餐厅，到连锁经营40多家店，营业额超过4亿元；从无人问津的口味到快餐行业的新贵，每个月增长30%的营业额背后，他究竟经历了什么？

将太无二创始人邢力

开在 CBD 旁的创意料理

1998 年，27 岁的邢力在做了几年厨师后移民加拿大，在那里邢力邂逅了改变自己一生的美食，区别于传统日本料理的创意料理。

“那一刻，我突然一下子有了一种对餐饮的新感悟，这种感悟，可以说是刹那之间，可以算是电到我了。”

传统的日本料理生冷清淡，寿司也多以新鲜海产品为主，而在北美，人们会根据自己的喜好和饮食习惯，在日本料理中融入当地的食材，在寿司中加入牛油果、沙拉酱等。不拘泥于传统，适应市场，追究美味，这就是创意料理。其中的寿司，也被称为新派寿司，这种寿司对于邢力来说，诱惑力十足。

“餐饮的梦在我心中有三十多年了，因为很小的时候，我的妈妈和老师问我，你的理想是什么，那个时候我很单纯，人家本来是想让我说科学家、教师，但是我直接说，我想做餐厅，做自己的餐厅，我要天天在餐厅里吃饭。”

这句话并不是孩童说梦，而是深埋在邢力的心里。在他遇见创意料理的那一刻，便决定将梦想付诸行动。于是，他付出了六年的时间来对创意料理进行学习。

“一开始大家并不看重我，也没有觉得我会有太大的发展，所以很多的时候我都是默默努力，像生鱼寿司这类你是不能碰的，因为你是做煎煮这种后厨房的东西，但是我凭着给别人买咖啡、买啤酒，和这些师傅搞好关系，让他们给我这个机会，去做（生鱼寿司）。后来慢慢地，老板也发现我有这样一个天赋，我又有这样一个意愿，就把我调到了寿司吧。我做的东西老板一直是非常认可的，因为我十分用心。”

邢力非常珍惜每一个来之不易的机会。随着学习的深入，他终于掌握了一身本领，决定回国创业。身为一名地地道道的北京人，他创业的第一站，就在北京。2005 年 5 月，他拆借 70 万，在北京大望路开了一家仅能摆放十多张桌子的餐厅，取名“将太无二”，经营创意日料。虽然店面不大，但邢力很有自信，热情满满。可是一切才刚开始，现实的冷水就已经洒了过来。

“刚装修的时候，像冰箱还有很多的厨具，都是一手交钱。人家都不卸车，我说你们先搁进去，然后我再给钱，人家说不可以，你没有品牌信誉度，你没有任何东西可以当成价值抵给别人。”

品牌的建立需要一个漫长的过程，邢力相信通过自己的能力和努力，这都不是问题。而新店开业，欢腾热闹的场面并没有出现，那个时候的将太无二，甚至被人们预言活不过三个月！而这种预言并不是无的放矢，刚刚开始营业的将太无二，日营业额只有两百多块钱，这样一个数字在当时的餐饮界，几乎是无法生存的。2005 年的中国，日本料理已经开花结果，而创意日料则是凤毛麟角，食客对邢力视作珍宝的新派寿司更是知之甚少。

在邢力和员工们眼中的创意和美味，对当时的食客来说，则有些“不伦不类”。更不用说邢力还把这些寿司取名叫“国贸 CBD”“秋天的童话”。

“那时候更多的是正宗不正宗，讲的是这个，你有日本的经验吗？你有日本师傅吗？你有其他更多值得背书的东西吗？你一个从北美回来的中国人，你在这儿做日本料理，你拿什么证明你是好的呢？”

邢力的店虽然地处 CBD 商圈，地方不缺食客，但邢力资金有限，只能将店开在了背街的一面。“不了解、不伦不类、不正宗，接受不了”，在一声声的质疑中，将太无二门可罗雀，甚至就连员工都因为看不到未来而换了一批又一批。

难道那个“活不过三个月”的预言，就要一语成谶吗？邢力并不认命。

品质至上

京深海鲜市场，是华北地区重要的海鲜批发市场，这里也是邢力创业之初就经常来的地方。在邢力的采购清单中，有一样重中之重的食材，三文鱼。在日营业额只有两百块的时候，邢力只能一条一条地买三文鱼，生意不好的时候，两天买一条；生意好的时候，一天买一条。

“正是因为我的地段不好，我就更要加倍去把我的食材做好，要把我的服务做好，要把吸引别人到这里来的理由攒得更充分。如果你有一个比较好的地段，门口不断有客人来，并不是因为你在完完全全地吸引他，而是因为好地段，这反而会让你松懈。我觉得我没有，我已经退到了最后一步，没有任何的机会，我只有把所有的细节做到位。”

走投无路对于邢力来说，未尝不是一个新的机会。他将目光放在了食材上，为了保证上好的品质，邢力一直坚持用最好的冰鲜法罗群岛三文鱼。冰鲜三文鱼比冰冻三文鱼更加鲜美，价格也更贵，法罗群岛的三文鱼更是相当于汽车里的劳斯莱斯。与同类别相比，品质也非常好的澳大利亚三文鱼卖 75 元一斤，而法罗群岛三文鱼卖 198 元，价格悬殊。

除了三文鱼，牛油果对邢力来说，也是一个重要的食材。2005

年，国内很多人还不知道牛油果是什么，邢力已经将其放在了将太无二的寿司和沙拉中。在当时，一个牛油果的售价就在 35 元左右。

“牛油果完全可以少放一些，或者切得薄一点，也能节约一些，就因为这个也跟他闹过小矛盾。”

邢力没有听取妻子的建议，在他看来，这种节省成本的做法肯定会影响口感。不缺货、不少货是邢力始终坚持的。“任何一样食材我觉得都不能缺少，如果有客人想要，你告诉他没有了，其实这就是顾客的一次失望，虽然他可以理解，但是我们为什么要给他这种失落感呢？”

邢力这种坚持品质的做法对食客来说，意味着美味，而对邢力来说，意味着高额的成本。即便是生意不好，邢力也时常为客人送个菜，甚至自己请客，呼朋唤友来吃饭，目的就是加速更新，保证食材的新鲜。邢力相信，生意越是不好，越不能省。为了支撑邢力的创业，邢力的父母把攒了一辈子钱买的、一天都没有住的新房卖了出去。

“说到父母卖房这个事，是我心中永远的一个痛。我并没有让父母去卖房，但是妈妈非常懂我，当时是一个新房，她讲，如果我住进去了，再搬出来，然后再去卖掉这个房子，那对我儿子刺激更大。其实这个奠定了我能够成功的一个很重要的基础，因为有很多的时候，在资金短缺的时候，你没有后续资金的支撑，你会在餐饮上越做越紧，越做越小，就会导致你的口碑越做越差，最后所有的前期投入都没有了。”

高成本带来了高品质，邢力对品质的坚守换来了将太无二的不断发展。慢慢地，进店率、翻台率、复购率不断提升，这个只有十几张桌子的小店热闹了起来。半年后，将太无二开始盈利，一年后，门口开始排队，三年后，分店开业。2009 年，将太无二已经开到了第四家，生意火爆。

小老板变身管理者

都想当老板，但是又有多少人能够承受老板二字带来的压力。2009 年，将太无二的火爆带来了一系列问题，这些问题最终都化作压力，堆在了邢力肩上。

“那时候我觉得我面对的不是经营上的苦，而是你需要去承担很多意想不到的东西。”

员工把外籍客户的手机掉进了泔水桶、水漏到了隔壁餐厅的配电箱……此时，邢力虽然不再为如何多几桌客人担心，却要分出很多精力来应付这一连串的意外事件，曾经大包大揽的小老板，开始学会品味一个管理者的苦楚。

于是，一道选择题出现了。是继续累下去，承担更大的责任，还是就此放弃，安安稳稳地养家糊口？

“很多人劝我，足够了，养家糊口。朋友和家人也劝我，要不要继续累，要不要继续去承担更多风险的时候，看着员工，看着这个市场，我觉得空间还是有的，为什么要为我一个人的胆怯，而去放弃整个品牌的发展。”

既然决定继续发展，对品质的要求就更不能有丝毫放松，而想要收获高品质的食材，采购这一环节就显得尤为重要。据餐饮行业协会的调查研究，中国餐饮企业采购成本占比平均在 40% ～ 50%，而原材料成本作为餐饮生产过程中的最主要支出，占的比重最大，为 30% ～ 50%。可见，原材料的采购成本直接影响企业利润。对于始终坚持品质的邢力来说，采购的成本就更加高昂。

“一到市场上去，别人砍价，我却在加价。我一到市场，别人都说有钱人来了，其实不是有钱，是我要最好的。其实这是我能够把将太无二做起来的一个根本，很多时候，别人是讨价还价，但我是加价，你给我不一样的东西。”

那个曾经一条一条买三文鱼的小老板，已经成了别人口中的“有钱人”。做小老板时，邢力自己当采购，自己当厨师，事无巨细，大包大揽，如今成了“有钱人”，将太无二的门店增多，邢力再想要做采购，就有些心有余而力不足了。采购放权，成了将太无二发展路上的必然选择。因此，让采购员也能在是是非非面前始终坚持品质第一，成了他最大的期望。

“你的做法，你不能光嘴上去说，你的言传身教最后一定影响到你的员工未来去做事情的态度和行为上，所以那时候我觉得最重要的是打下一个良好的基础。”

一个言传身教的好机会，很快就到来了。2010 年 4 月，冰岛火山爆发，火山灰导致欧洲航班停运，这只蝴蝶翅膀扇起来的风，吹到北京时，让北京市场的挪威三文鱼资源变得十分紧张，价格翻了一倍多。针对这种情况，很多餐厅选择了估清，这也是餐饮行业针对原材料上涨时最常见的做法。而将太无二则在火山爆发的前几天刚刚推出三文鱼买一赠一活动，想要继续活动，就意味着每卖出一份三文鱼就要赔一次钱。

逆流而上，方显英雄本色，在这段时间，邢力非但没有估清，也没有停止活动，更没有用便宜的三文鱼来凑数，他坚持让采购员们买完市场上最后一条符合品质的三文鱼，不管价钱高低。邢力的坚持在采购员看来，却有些不能理解。

“我的想法就是，全北京五星级饭店没有三文鱼了，将太无二有。当时我为什么说要买完市场上的最后一条鱼啊，这不是我不讲诚信，而是市场上真的没有了。但市场上有，只是因为价格高而不去买，我觉得是缺乏诚信的。这是两个概念。”

为了邢力的坚持，采购员跑遍了北京的海鲜市场，甚至连各大商超都没有放过。只要是符合品质的三文鱼，无论价格高低，采购员都会把它带回将太无二。最贵的时候，三文鱼的价格甚至高达 400 元一公斤。这场三文鱼危机持续了三个多星期，邢力亏掉了 10 多万元，这相当于他当时所有餐厅 1 个月的利润总和。

“我也是想告诉大家，在我们这里做所有的东西，不用跟我说，不用去考虑，品质是第一位的。因为有品质，才能有我们发展的未来，这才是我们生存的法则和基础，以后不要跟我们讲任何理由破坏我们的品质。”

对采购员来说，10 多万，让他们看到了邢力对品质第一的坚持。“老板当时的执着和诚信，确实激励了我，到现在我们在挑选供应商，包括在合作之前，供应商的考察、引入，我们都是比较严谨，首先要保证品质，在保证质量的前提下，我们再去聊合作，聊价格。”

从邢力创业开始，三文鱼的价格就在不停上涨，大厨的工资也翻了好几倍，但将太无二菜单里八成的菜品却从来没有涨过价，邢力到底是如何让将太无二保持盈利甚至持续发展的呢？

碰上开店热潮，他却花 2000 万“打地基”

2013 年，电商快速崛起，对各大商场造成了剧烈冲击。在实体购物热度消减的事实面前，餐饮行业成为商场的“救命稻草”，

第一家背街店

餐厅图

菜品“秋天的童话”

菜品“鳗语天花”

菜品“饕餮庄园”

各大商场的百货和餐饮比例悄然发生着变化，众多餐饮企业纷纷抓住机遇，不停扩大自己的版图。

“那时候是一个大环境，很多老式的百货商场向这种商超去过渡，在最高的两三层会集聚大量的餐饮。它的占比，以前可能不到 10%，但是现在能够达到 20% 甚至 30% 的比例。所以我们想这对于我们来说是一个特别好的机会，当时我在想我们公司可能会加快这个扩张的速度。当时 2013 年是这样一个情况，但是结果不是这样。”将太无二的市场媒介经理如是说。

此时，邢力却停下了扩张的脚步，拿出了 2000 万用于总部建设。那个时候，2000 万可以开 6 家将太无二，而一家餐厅的年平均利润在百万左右。看上去，将太无二已经背上了重资产的包袱，在这竞争越发激烈的市场中，邢力又能够带着将太无二走多远？

2013 年 10 月，邢力投资 2000 万建设的加工配送中心完工。从这一刻开始，将太无二形成了管理、加工、仓储、配送等一系列的整体供应链体系，邢力更是将集中采购的标准细分到了每一样食材。有了完整的供应体系，不代表对品质的要求能够放松，相反，邢力对三文鱼的把控提高了一个档次，不仅实现了冷链运输，就连分割也全程在 0 ～ 12 度的冷库内进行，更好地保证了三文鱼的品质和口感。

建成加工配送中心的好处，远不止此。采购的食材集中宰杀后，不用每家店都分配一名杀鱼师傅，而且师傅每天经手的杀鱼量也远大于单一餐厅，大大提升了熟练度，提高了鱼肉的出成率。分割后的边角料也因为集中、量大，可以整合利用，如鱼骨熬汤，鱼头开发成新菜品等。

这 2000 万，让将太无二的采购运营成本下降了 20% 多。将太无二没有继续扩张，但是却将根基打得越来越扎实。

“这个东西是我拓展餐厅的一个基础。如果没有基础，那我们多几个餐厅的意义并不大，我一直跟大家在讲，我们似乎比别人盖楼慢，人家已经盖 6 层，咱们这还往下挖 6 层，但是往上盖，盖到 12 层，你没有一个好的基础，这个楼就会很危险。没有地基，你做 6 层都是危险的。所以在这一块我们更多要把自己的底蕴加深，其实这个是我们的一种经营思路，也是我们长远规划的战略思想。所以在这时候我们更多把钱投入到未来基础建设当中。”

有了这扎实的地基，将太无二开始了飞速的发展。2014—2016 年，将太无二新增门店近 20 家，几乎全部开在商场，是原来开店速度的 3 倍。

用缩减座位换回来的营业额新高

据有关数据显示，2016 年中国餐饮行业零售总额达到 35799 亿元，同比增长 10.8%，而中国餐饮业每年洗牌高达 70% 左右，一边是大批新的餐饮品牌不断涌入，一边是一批餐饮品牌在激烈的竞争中走向没落。

“因为很多（加入餐饮竞争的）人不是做餐饮的，也许他是做互联网的，他是做演艺的，他是做其他行业，他们有自己的优势，他们的优势体现在哪儿？体现在宣传上，体现在店面的建设上，体现在推陈出新的一些想法上。这些东西绝对是对原有餐饮巨大的冲击，虽然我们基础非常牢固，但是我们也要随着市场不断变化而去变化，一定不能掉队。”

根基牢固，也不能固守传统，从在北美接触创意料理时，邢力就知道要创新，要变化，要适应市场。如今餐饮行业已经进入了一个全面升级的时代，老店的营业额出现下滑，改造升级就成了重中之重。这也是将太无二近两年变化的重点。对一间老店进行改造升级时，邢力却没有选择一位有餐厅设计经验的设计师，而是聘请了一位设计会所的设计师。

"因为我要把曾经那种奢侈的东西带进平民化当中，要把这些东西融入到普通的餐厅当中，那这个餐厅的等级一定能在这些餐饮业的同类当中变得更加出类拔萃、光彩夺目。"

请会所设计师设计餐厅，邢力的疯狂之举还没有停下。对于餐厅来说，包间意味着更高的消费水平，也是提升营业额的重要保障，而邢力却在一家老店的改造升级中彻底放弃了包间，并且将包间改成了散台。

"包房的这种概念和现代人用餐稍微有一些脱节，现在人家要私密，但是并不等于非得关在一个小房间里头。所以我们现在就是把这个空间更好地去运用，让大家有更好的私密性的同时，却能够有融入到一个大的景观当中的感觉。"

按理来说，放弃了包间，餐厅的座位数应该增加，很多餐厅的经营者也在努力地提高餐厅的座位数量，任何一个角落都不肯轻易放过，而邢力这一次改造过后，将太无二座位的数量却从原来的 154 个座位，缩减到了 97 个。

"我们一开始其实不是很理解，因为这样对我们来说无论你怎么拼，整体的流水还是不可能上来。因为有一定的体量，而且在商场里不可能延长营业时间。我们的菜单也没有提价。"

员工的不理解并没有拦住邢力的行动。小桥、流水、鹿，缩减的座位被大量的景观布置替代，餐厅中加入了更多的日本文化元素，这些景观加起来，占去了餐厅总面积的四分之一，装修的费用达到了每平方米 4000 多元，是之前装修费用的两倍。

也正是这种种付出，让员工眼中不能理解的行为带给了顾客耳目一新的感觉。食材的品质、菜品的美味都是餐厅需要重点关注的地方，而对于食客来说，第一眼看到的却是一家餐厅的门面、环境。重新升级改造的将太无二，因为环境改变，吸引了更多人的目光，同时由于接待能力的缩小，门前出现了排队的现象，而排队的人越多，越能吸引其他的食客。

仅仅三个月时间，改造后的将太无二就达到了装修前最好的营业水平，每天的平均排位人次达到了 100 人。从小老板到管理者，从无人问津到排起长队，邢力用敏锐的洞察力寻找市场的空白，又用对品质的坚守穿过一片片风浪。

“我觉得我们每一步发展全都是经过仔细思考的，而且不光是站在我们自己的角度，更是站在市场发展规律上。市场发展是必然朝着这个方向去走，必然需要的是品牌，必然要把商标变成一个驰名商标，这个是我们最大的目标，盈利只是为了我们发展做的一个基础保障，而并不是我们最初的目标。”

疫情之下的责任与担当

根据国家统计局统计，2019 年，全国餐饮收入为 46721 亿元，其中 15.5% 的贡献都来自于春节期间的营收。随着人们观念的转变，每到春节，越来越多的中国人喜欢在餐厅订上一桌年夜饭，因此，餐饮企业都会加大存货量，提前做好充足的准备。而让大家没有想到的是，2020 年春节前，一场突如其来的新型冠状病毒肺炎疫情，给全国餐饮行业带来了严重打击。

在疫情的不可抗力之下，将太无二立刻作出反应，为了防止人员聚集，第一时间响应国家号召，1 月 27 日直接关闭所有门店，而这无疑也将面临巨大的损失。

在一封写给全体员工的信中，邢力说："对于我们自己，一方面公司要确保餐厅每一位员工的健康和安全；另一方面，我们还要承担起如此长时间的闭店带来的严重经济损失。但大家要懂得，战胜疫情不只是国家的事情，更是我们每一个人的社会责任。我们有责任、有义务去做好我们自己身边的事情，才能更快回到正常的工作和生活中去。"

面对疫情，将太无二调整经营方式和产品结构，以外卖为重点，推出了价格实惠、现煮现吃的外卖火锅套餐，还包含一次性锅具和酒精炉，用户无须准备任何材料，既方便又安全。同时针对增强免疫力，结合自身招牌产品，推出性价比高的日式营养套餐，方便陆续复工的顾客们。

邢力对员工的关怀真切地体现在了他的行动中。他始终惦记那些疫情期间未能返乡、住在宿舍的员工们。他带着两位高层领导在做好防护的情况下，在疫情高发期前往宿舍看望，为员工们带去新鲜的蔬菜和水果，询问员工的生活和心理需求。同时还多次前往各分店一线，了解员工餐食材储备及餐厅防疫工作落实情况。

在这场没有硝烟的战斗中，邢力像以往一样，坚定不移地坚持着梦想，带领团队迎难而上。"每个人都可能会碰到特别难熬的阶段，也因为看不到希望以至于让人感到绝望。可是如果这时只是抱怨是没有用的，难过痛苦更加无济于事，倒不如调整好心态，抖擞精神，不断创新，昂首挺胸地去面对所有困难，反而就会迎来再一次的柳暗花明！"

捞旺火锅：
鸡汤里的秘密

出身寒门，出来闯荡时只穿一双拖鞋，连门脸都没有就敢开业，第一天营业只有2桌客人。如今已经全国直营36家连锁店，平均月进店量14万人次。叶锦盛如何带领着捞旺火锅在火锅行业实现弯道超车，成为竞争白热化市场中的一匹黑马？

捞旺火锅创始人叶锦盛

睡在天桥下的行政总厨

有着浓厚广东音的叶锦盛出生在广东省肇庆市德庆县的一个贫苦家庭。叶锦盛很早就辍了学，14 岁时便离家去了深圳谋生。

初到人生地不熟的深圳，叶锦盛以天为被，以地为床。年纪轻轻，没文化，没有靠山，要怎么生活？那时，叶锦盛脑袋里没别的，就是想学一门手艺。在老乡的帮助下，叶锦盛有了一个当厨师学徒的机会。虽然没有工资，但只要有一日三餐，有门手艺可以学，叶锦盛就已经很满足了。他在心里暗暗立下了目标，要成为最好的厨师，要做到厨师长的位子，做到总厨的位子。要不就不做，要做就做第一。

怀揣着这样纯粹的动机和这份狠劲，叶锦盛与其他学徒的做法都不一样，不管春夏秋冬，他每天都坚持早到一个小时，帮师傅备菜，就为了学到更多厨艺真传。日复一日，年复一年。就这样，18 年过去了，叶锦盛凭着这份穷苦人家的勤奋、韧劲和专注，从学徒、厨师、厨师长，一步一个脚印地一路做到了国际五星级酒店——大连凯宾斯基酒店的行政总厨，完成了从睡在天桥底下到年薪 36 万元的华丽蜕变。

别有洞天的火锅行业

2009 年，叶锦盛与大连凯宾斯基酒店的合同到期。经朋友介绍，叶锦盛去了上海的一家火锅店面试做总厨。在那时的叶锦盛看来，做燕窝、鲍鱼、鱼翅这些高级菜才能显示他高超的技艺，而做火锅，无非就是把菜品洗洗，端出去，顾客再放在锅里涮涮就行了，没有什么技术可言。

叶锦盛:“看不上，真的看不上。在火锅这个行业的厨师基本上就是把东西洗洗就可以拿上去了，就没有什么技巧。”

人的心一旦拿起来之后，再想放下来，那是很难的。虽然并不看好火锅店，但是总要有一份工作先干着，再加上碍于朋友的面子，叶锦盛最终还是去了。

走马上任后，叶锦盛才发觉自己已有的认识是片面的。以前是外行看热闹，进入之后，才发现里面的门道如此之多，从汤底的制作、菜品的选择、哪些适合下锅、锅底需要什么样的口味，种种因素太多了！火锅行业是如此之大，竞争是如此之激烈。

近年来，我国餐饮行业规模发展迅速，2016 年达到 3.5 万亿，同比增长 11.3%，高于零售、快消等多个传统行业。美国媒体更是直接用“中国人吃出了一个瑞典 GDP”来调侃性地描述我国人民对美食的惊人追求。从餐饮收入看，火锅是当之无愧的“吸金王”，占据餐饮业总营业额的 22%，是唯一占到两成以上的品类。

依据国际货币基金组织 IMF 对全球各经济体 GDP 总量的统计，2016 年中国人在吃火锅上花掉的 1116 亿美元，介于匈牙利和科威特 2016 年 GDP 总量之间。有人说，在中国，三个人中，必有“吃货”，十个人里，定藏“老饕”。这种说法一点也不为过。

火锅行业是一个大市场。在这样一个竞争白热化的大市场里，要想把看似很“低门槛”的火锅店做好，肯定不是叶锦盛所想的那种把东西洗洗端上餐桌就行的，没两把刷子，顾客是不会买账的。

近些年来，餐饮市场，尤其是火锅行业，产品更新换代非常快。做餐饮的人，不仅要保证菜品的质量，还要保证菜品的创意和新奇。做火锅看似简单，但要把看似简单的事做精做强做大，并不是人人都可以的。

慢慢上手后，火锅店老板开始放心地将管理和经营交给叶锦盛打理，还经常送他去听管理、营销课程。从一个厨师到一个管理者，这种身份的转变和对火锅行业认知的改变让叶锦盛受益匪浅，他学会了从市场化角度去看待火锅行业的发展，品牌意识也开始酝酿发酵。

一碗鸡汤里的大生意

2012 年，叶锦盛的两个孩子都到了上学的年纪，妻子独自在武汉照顾起来有些吃力。在上海做了三年火锅主厨的叶锦盛是时候回家了，一方面是为了照顾家人，另一方面也计划着人生中的重大抉择。创业，开火锅店！

可是，该怎么开呢？在品牌集中度越来越高的市场环境下，餐饮界有着这样的说法，开 100 家，倒 120 家。竞争激烈程度可见一斑，更何况火锅市场呢。

火锅行业表面上是一块可以超过一些国家 GDP 的大蛋糕，不需要什么技术，准入门槛不高，但是迈过这个门槛后，你会发现前面是一堵高墙。创业者必须具备强大的“长跑”耐力和另辟蹊径的运营战略，才能实现弯道超车，占有一定的市场份额。

统计数据显示，在餐饮界，火锅商户总数比例达到 7.3%，超过川菜、湘菜、粤菜、江浙菜、西餐等其他热门菜系占比。而在这些火锅商户之中，川系火锅包括重庆火锅的商户占比高达 64%。随着餐饮消费者的增长，餐饮体量的增加，火锅商户在近年还会继续保持较大数量的增长。

大环境很好，但竞争愈演愈烈。既然决定了，凭着韧劲也得做下去，但从哪个角度做才能推陈出新呢？叶锦盛冥思苦想，突然一个念头闪现在脑海，做“鸡汤”！这是广东人爱吃的一道菜。在武汉，做猪肚鸡汤的店并不多见，也没有形成有影响力的品牌，机遇与挑战并存。

为了有更清晰的定位，叶锦盛开始了市场调研，他去武汉几家做猪肚鸡汤的店里连续喝了半个多月，边喝边观察别人的服务和店面环境。一家家尝下来，叶锦盛的信心越来越足。

叶锦盛：“我一喝他的汤，我就感觉这东西，我完全能超越他，而且看到他生意那么好，我觉得这个生意完全可以做。”

说干就干！

为了选址，叶锦盛走遍了武汉的商圈，最后拿出了 80 万积蓄，把自己的第一家捞旺火锅店开在了武汉江汉路这条全国最长的步行街上，开始别具匠心地做起了这种当时在武汉为数不多的特色火锅，将广东传统客家菜猪肚包鸡演绎成先吃后涮的形式。既健康，又养生。

叶锦盛信心满满，可即将开业的新店在别人眼里，并没有太大的优势。门店开在四楼，没有门脸，顾客需要乘坐限载 6 人的小电梯才能上去。

同行龚诚：“从我们同行的角度来说，很担心的，因为这个行业的淘汰率是很高的。我觉得他是不是初来乍到，不是很清楚这里的市场行情。”

之所以选在这里，叶锦盛看中的是江汉路的人流量。江汉路位于武汉中心地带，每天的人流量都在 20 万以上。叶锦盛的捞旺火锅开业了，他喊出豪言壮志：“3 年开 30 家店。”

一大早 8 点钟，叶锦盛就到店里把汤熬好了，把所有的准备工作都做好，等着顾客上门。从 10 点等到 11 点，没有人来。11 点等到 12 点，12 点等到 1 点，还是没有人来。

最终，开始营业的当天竟然只有 2 桌客人，中午一桌，晚上一桌。而这 2 桌客人还是叶锦盛带着员工们在楼下费尽口舌和客人说了送优惠券，才把客人硬生生拉到楼上的。叶锦盛心里预期的一开业就顾客爆满的情景完全没有出现。

从开始的兴奋状态，一下子变成了浑身浸泡在冷水中的感觉，叶锦盛心里很不好受。但大多数创业的过程本身就是艰辛的。叶锦盛也在反思，江汉路每天的人流量这么多，为什么没有多少顾客上门。这该怎么办？

深巷闻酒香

在这个酒香也怕巷子深的时代，江汉路每天 20 万的人流量也没有给捞旺火锅带来好人气，进店率和翻台率也一直不温不火，更不要提复购率了。

叶锦盛想到了让美食达人免费试吃的方法，带动口碑效应，将顾客引流到这个不起眼的门店里，以此塑造品牌。他邀请朋友来试吃，通过微博、微信、大众点评等互联网渠道宣传营销。还专门在微博上连续两三个月不停地关注武汉本土的美食达人“美食俊俊”。终于，守得云开见月明，“美食俊俊”带着几位朋友品尝过后，捞旺的猪肚鸡汤征服了美食俊俊的味蕾。这对捞旺来说，无疑是一次成功的品牌推广。

美食俊俊：“品质和味道是他餐馆的灵魂，如果没有这个做保障，谈不上以后的推广，推广越快，这个餐厅消亡得越快。比如说 10 个人来吃，10 个人都说难吃，那恶性循环的速度会很快。”

一舌胜千言，好口碑立马就给捞旺带来了好人气。很多顾客慕名而来，这种能喝汤的火锅和美味的口感给顾客留下了极好的舌尖体验。很快，当初硬生生拉顾客上楼的火锅店现在也需要排队了！顾客一边埋怨着限载 6 人的电梯太挤，一边期待着喝到健康新鲜的火锅汤。店里每天都是爆满状态，甚至把员工都累趴下了。

员工："每天服务员什么状态啊，下班了，一个女孩子，蹲在那里靠着墙，就那样靠着墙，不想动，有的累哭了。"

从那以后，叶锦盛就知道，好的产品加上好的营销手段，会带来意想不到的连锁反应。现在的他还经常邀约有影响力的自媒体人到店吃"霸王餐"，还通过大众点评、美团等一些具有推广功能的互联网平台发布优惠促销活动吸引顾客，以此宣传和推广自己的产品和品牌。

专注好食材，集中源头采购

餐饮行业是一个采购成本高、人力支出费用大、劳动力密集、投入总成本高的行业。叶锦盛心里知道，做火锅创业，光有创新的尝试是不充分的，由来自源头的纯正好食材所凝练成好吃的味道才是王道，才是立店之本。

经营火锅店，从小做到大，宏观之处要考虑战略，细微之处要采用策略。叶锦盛认为，企业要发展得好，必须考虑成本的问题，可以省去中间商这一环节，从源头集中采购，以确保食材的纯正性，降低企业运营成本。

白胡椒是猪肚包鸡里一道极为重要的食材。海南的白胡椒产量占世界的三分之一，种植历史悠久。叶锦盛为了从源头得到这种食材，不远千里专程到海南万宁一口气承包了 60 亩白胡椒基地。

现在，捞旺火锅每年产地直采5吨白胡椒。

叶锦盛："所有人都是可以去找源头的，但是你如果没有量是找不了源头的。所以我为什么要迅速把店拓开，就是因为我们可以做到大宗采购。原材料的采购都是大宗批发过来的，跟你单纯买回来的，是完全两个不同的价格。"

猪肚包鸡中的"鸡"更是有着严格的要求，大了不行，小了也不行。

叶锦盛："这是我们用的青脚麻公鸡，也叫黑脚麻公鸡。我们的每只鸡要养到毛重4斤半到5斤左右。它的第三趾，没有半年根本出不来，而且它的鸡冠红，是因为阉割过，所有的营养都到这里来了。黑脚麻公鸡的营养基本上会分布到全身，做我们的鸡汤用这个鸡是最好的。"

此外，捞旺猪肚包鸡中所有的野生菌均采购于原产地云南。这些野生菌生长在海拔2000～4000米的地带，有"真菌之花""菌中皇后"之誉，被列为"草八珍"。

有了好食材，还要能够搭配出好味道，熬汤是捞旺火锅口味的核心所在。汤不仅要足足熬够8个小时，还有一套独到的熬汤流程。汤熬到什么程度，还需要多少火候，才算好？叶锦盛都不用品尝，站在熬汤的大锅旁用鼻子一闻就能闻出来，对这道汤精髓的把握可见一斑。

有了顾客、产品和控制成本的秘诀，天时、地利、人和都具备，但问题还是来了。

不同风格的店面

胡椒种植基地

疫情中的担当

做餐饮本质上要解决“人”的问题

店长竟然辞职了，还带走了2个主管。

当开到第4家店时，捞旺火锅的人才管理问题日益凸显。叶锦盛从外部聘来的一位店长，干了3个月就辞职了，而且还带走了两位主管。

这对叶锦盛打击很大，也让他意识到人才储备与跟进的问题亟待解决。做餐饮本质上要解决“人”的问题。

叶锦盛：“所以从那个时候我就再也不会从外面招聘店长进来，外面的人进来的时候，他觉得我已经到这个位置，来了以后还是做这个位置不是对他的一个认同。”

现在每一个员工来到捞旺的时候，都会有一个清晰的选拔机制。每个星期一到星期五，公司都会针对不同的岗位安排不同的学习培训。不仅如此，叶锦盛每年都会拿出约5个点的利润，请专业机构系统地培训员工，细化岗位划分，建立清晰的人才选拔机制。

员工们要不断学习进步，叶锦盛也是每天不停地学习，汲取着销售、营销、管理和商业模式等方面的知识，跟上餐饮业发展的步伐。叶锦盛每年都会花100万左右用于学习，就连一个人开车时都是听企业管理的光盘。按照叶锦盛的话，有的光盘都听了上百遍，就连每一个字都要去领悟。

捞旺的每家店都会有A和B两个主管。店长要离职，主管们是不会跟着店长走的，因为主管们知道，如果店长走了，他们就是填补空缺的人，就有机会升职。

叶锦盛还把权力放给了店长。店长可以掌握每家店的“生杀大权”，对店里的每件事都要负责到底。放权让店长充分发挥他的优点和长处，让他真正爱上这个岗位，对待门店就像是对待家一样负责。

店长杨丹：“我就是觉得这个企业能带给我希望，无论是精神层面还是物质层面。你觉得有希望，别人也会觉得有希望，所以你要比别人更努力，你才会脱颖而出。”

叶锦盛每天都会琢磨如何发掘人才，他会经常去店里不停地和员工聊天，了解基层员工想要什么，让员工在捞旺能够发挥自己的长处，在这里有一个平台发展自己。

从 1 到 N 快速复制，抢占市场

在互联网经济下，大公司不一定打败小公司，但是快的一定会打败慢的。这就是著名的“快鱼吃慢鱼”。只有能够迅速应对市场，才能成为市场逐鹿的佼佼者。叶锦盛知道自己的产品迎合了武汉人的口味，知道自己要成为“快鱼”，但也没有急功近利，盲目扩张。

“一碗羊汤”创始人茹敏：“开一家店和开 10 家店、100 家店，是三码事。一家店成功了，不代表可以开 10 家。10 家店成功了，不代表可以开 100 家。盲目地扩张只会加速死亡。”

在单店盈利能力增加的基础上，叶锦盛才计划快速开店占领市场，提高曝光度，扩大品牌影响力，他想做武汉猪肚包鸡火锅品类第一。他必须这么做，不然就很容易被“吃”掉。

2013 年，捞旺火锅获得融资，“捞旺”开始像一个品牌餐饮连锁一样，在武汉展开产业布局。为了让每家店的产品品质都保持一个水准，叶锦盛坚持直营，不做加盟，并一直在思考如何“复

制”成功。

叶锦盛:“只有能做标准的东西才能做复制。所以我做每一道菜的时候，一定是先做标准，然后才能推到我的菜单上去。包括我们的礼貌用语、装修风格，都是比较容易复制的，才能够做好。”

在捞旺，每道菜都有标准程序。叶锦盛确立了标准化的核心理念。统一采购原料，每天在固定地方加工后再配送到各个门店，厨师只要提供简单的再加工，按照规定的流程熬汤，对照菜谱照片称重摆盘。

在捞旺火锅店里，经常还会有这样的人不定时出现。这个人被称为督导，都是由有 10 年以上餐饮经验的人担任，负责检查执行标准的准确率。这样做，就是为了企业发展的可复制性。

叶锦盛当时的想法就是一年开 10 家店，迅速占领武汉餐饮市场，让武汉人认同捞旺，认同捞旺的猪肚鸡汤。在他看来，做一家店，要想做到百年老店，基本上是很难做到的。如果只有一家店，在这个瞬息万变的市场，那就没有抗风险的能力。

叶锦盛:“我们要做品牌连锁，我们 A 店没有了，B 店在。A 店和 B 店没有了，还有 C 店在，ABC 都没有了，还有 D 店在。这样我们的品牌才能延续下去。”

综合体和大型社区是叶锦盛未来选址的主要方向。将捞旺开在大商圈里，跟有实力的品牌在一起，然后就能产生自己的品牌影响力。

叶锦盛:“以后购物消费的方式会越来越走向体验化，而这种极致的体验化大部分来自于综合体和购物中心。人们的生活方式也会越来越休闲，不仅可以逛街，逛累了还可以休息，可以就地就餐。”

对于未来，叶锦盛有清晰的认识，而对于捞旺的名头，叶锦盛也十分自信。如今，捞旺在武汉火锅行业已经做到了第一。

湖北省餐饮协会会长评价说："在这个品类中，他现在在武汉这个区域确实做到了第一，做成了老大，他的品牌影响力和发展都是做得最好的。"

2014 年，叶锦盛的店达到 9 家。在此之前，主要以路边店为主。2015 年，叶锦盛开始全面进驻商场。2016 年，叶锦盛的销售额突破 8000 万元，拥有连锁店 20 家。2017 年，捞旺的销售额目标为 1.3 亿元。2018 年，捞旺完成在武汉开 30 家店的战略部署，然后全面进军全国市场。曾经，叶锦盛说出要开 30 家分店时，连他的员工都不敢相信，但是如今，捞旺已经有了全国直营 36 家连锁店。

疫情之下：先救灾，再自救

2020 年初，一场突如其来的新型冠状病毒肺炎疫情打破了所有人按部就班的生活，从病毒潜伏，到引起警觉，再到"封城"，餐饮行业遭到了重创。对于在武汉做了十多年生意的叶锦盛来说，这无疑是一次巨大的挑战。为了员工和顾客的身体健康，他决定将自己的 36 家门店全部关闭。

看到医护人员在一线拼命，叶锦盛深受感动，也想出一份力，由于捞旺是火锅店，无法供应中餐，他便联合湖北省广东商会的另外两个老板共同集资，拿出储备的年货做成盒饭，免费送给有需要的医护人员。

2020 年 1 月 26 日开始，叶锦盛组建的"武汉餐饮支援群"每天给金银潭医院、中南医院、协和医院、同济医院、汉口医院等定点医院送出 1000 到 1500 份餐食，两荤一素。盒饭均无偿提供，部分成本由湖北省广东商会承担，其他由餐厅老板自己消化。

几天之内，为春节准备的食材已被耗尽，这时许多同乡、同行主动帮助。1 月 27 日，大年初三，同行支援 3000 套餐盒。1 月 28 日，4000 斤大米运到。1 月 30 日，200 斤鸡肉被制成 500 份鸡汤。2 月 1 日，700 斤胖头鱼抵达，6 个人花了几小时才宰杀完成。

疫情面前，叶锦盛把企业自救暂放一边，把救灾放在了第一位。从吃不起饭的穷小子到五星级酒店的总厨，再到面对疫情能挺身而出、慷慨奉献的武汉火锅行业第一品牌的领路人，叶锦盛不断地创造着一个又一个奇迹。他在一碗碗鸡汤中注入美味、健康和关怀，赋予它美食的意义。如今，他仍朝着自己心中的目标阔步前行。

林家铺子：

转型之路

2011年12月，林楠一手创立的罐头企业林家铺子被IDG资本董事长熊晓鸽关注并获得其千万级的投资。这是IDG在传统产业独立投资的第一单。一家做罐头的企业，为什么会得到一直致力于投资互联网行业的投资公司的信赖？

资金注入，林楠也和IDG约定，五年之内，他一定会上市。资金注入没多久，林楠却遭遇了创业以来最大的危机，这场危机甚至差点将整个林家铺子打垮。这其中到底发生了什么？

林家铺子创始人林楠

“下海潮”里的弄潮儿

1967 年 3 月，林楠出生在大连旅顺的一个军人家庭。对于自己的未来，他从小就有清晰的目标，这个目标简单又直接，可以用一个词来概括：赚钱！

林楠：“第一个梦想就和钱有关系，等我挣钱了，第一件事就买一箱子冰棍儿，坐道边（路边）上吃，谁也不给。其实更多的是觉得有钱能支撑很多生活上的需求，或者是获取很多荣耀。我上学的时候挣过 10 元明信片钱，请全寝室吃饭，当时 50 元钱就够一个月的生活费……请大家吃饭，一吃饭就会发现人家崇拜你的眼光，这真好，真开心。”

1990 年，林楠从东北财经大学工业经济专业毕业，就在那一年，中国大陆出口贸易额首次突破千亿大关，出口额对 GDP 年增长率的贡献达 20%。大连作为 1984 年被国务院批准的沿海开放城市，更是外贸迅猛发展的沃土。刚毕业的林楠被分配到了大连粮油贸易进出口公司罐头科，成了一名外销员，只是这样的工作在林楠看来，却很不如意。

林楠：“我就在想怎么把我分到罐头科，给我分配到虾科多好，大虾多过瘾，水产科，但是没有。后来我们的老板说罐头科是我们公司唯一工业化产品的科，可以学到很多东西。”

这一次的工作分配，也彻底改变了林楠的一生。两百多年前，在拿破仑 12000 法郎的悬赏下，罐头诞生了，它根本性地改善了士兵和水手的伙食。硝烟散去，在战场上大放异彩的罐头得以留存并不断发扬光大。在美国每年人均消费罐头 90 公斤，欧洲国家约 50 公斤，日本 23 公斤，而在中国，每年罐头的人均消费仅为 1

公斤。消费量虽小，但中国却是罐头工业大国。

中国罐头工业始于 1906 年，现代罐头工业是从抗美援朝开始出现的。其后大致经历了三个发展阶段。第一阶段是 20 世纪七八十年代，这一时期罐头对于平常人来说还是奢侈品，那个年代家里的小孩生病了，父母才会买一罐罐头给孩子吃。第二阶段是 20 世纪 80 年代末到 90 年代，在向市场经济转型的过程中，罐头行业也一度陷入低谷，但从 20 世纪 90 年代中期开始，中国罐头行业逐步完成体制转变并重新迸发活力。进入 21 世纪，也是中国罐头行业的第三个阶段，罐头行业在这个阶段得以飞速发展，产量也大幅度提高。

中国罐头工业协会理事长梁仲康："我们国家的罐头工业主要定位于出口，罐头出口为国家换取了大量的外汇，为了面向国际市场，适应国际市场的需要，在标准上、惯例上、技术上，也是最早跟国际接轨的。"

20 世纪 90 年代，改革开放兴起了经济大潮，无数人不怕浪急风高，下水一展身手。也是在这时，我国掀起了一股公务员辞职"下海潮"。据人社部数据显示，1992 年，有 12 万名公务员辞职下海，1000 多万名公务员停薪留职。

从小就确立了赚钱目标的林楠也在 26 岁时投身这波"下海潮"，他辞去公职开始自己创业，于 1996 年创立了大连理想食品有限公司，这家公司做的，就是林楠起初看不上的罐头。

创立初期，林楠的公司还只是一家罐头制造商，做 OEM（代工），以出口为主，而林楠之所以选择这个行业正是因为他在罐头科待了三年。

林楠："也是无知无畏吧，你说我就在罐头科干了三年，都是扫地级销售员，也没有什么资源，可能是年少轻狂，就这么创业去了，天生就是要折腾。”

凭借这股无畏的精神，几年时间，林楠就把罐头出口到30多个国家和地区，还成为亨氏、澳洲SPC等品牌的供货商。林楠的成长与中国罐头工业的发展并行，罐头行业很快来到了飞速发展的第三个阶段，从2000年开始到2003年，我国罐头行业连续4年保持20%的增长速度，2003年中国罐头出口达到160万吨，是增长最快的商品之一。然而，平静的湖面下往往隐藏着逆流，繁荣的表象下往往隐藏着痛处。

危机四起，未雨绸缪免受金融危机

林楠："风险最大的企业有三个标志，第一个是完全出口型，第二个劳动密集型，第三个没有自主品牌，其实我全占了。"

当时，做外销生意在国际市场遇到最大的问题是价格压力，诸如同行业竞争、社保、排污、税收、稽查等。从外部环境看，山东、浙江等政策的支持力度很大，大连有相当差距。从企业自身看，管理能力、工资成本、单位面积产出效率等存在问题。为了应对这些问题，林楠曾尝试依靠服务和产品质量来抗衡激烈的价格竞争，但是在服务提升的同时，成本也在持续增加，恶性竞争的问题还是不可回避。

林楠做OEM（代工）起家，没有自己的自主品牌，百分之百是贴牌。在罐头行业中，有点名气的古龙、梅林所占份额很小，除此之外，都是客户的品牌。最早，国企有些品牌，如红梅、长城、珠江桥等都衰落了。在这样的压力下，林楠决定要做自己的罐头品牌，彻底摘下代工企业的帽子，"林家铺子"就此诞生。

“林家铺子”这个名字缘于林楠小时候记忆中祖父那间小小的糖水铺子。林楠说他姓林，爷爷那辈儿就开小铺，就叫“林家铺子”吧，几乎是毫不犹豫定下了这个名字，不仅实现了童年愿望，也成全了其忠孝的情感。

在林楠看来，名字改了，企业类型和销售模式也要跟着更改。外销的成功让林楠有了拓展内销渠道的想法，在其他罐头企业还在犹豫的时候，林楠已经开始行动了。他选定水果罐头作为内销产品，尤以糖水黄桃为主。

林楠：“大连是中国黄桃最北产区，品质好，因为昼夜温差大，品种也比较好，我们大约在20年前往日本出口桃子罐头的时候，只要是大连的，一定贵两美金。这桃子都是罐头桃，从它种的那一天开始，就是注定了要做罐头的。有时候消费者有误解，说罐头是用烂桃子做的，我们在想，这得给我们添多少负担呢？还得收到烂的，还得处理好烂的，哪有这时间？其实你看我们这些果农一辈子都干这些事，这是一条龙，都是很专业化的，你想挑几个烂的都很困难。”林楠以出口标准来做内销产品，生产出了最好的罐头，制作全程不添加任何化学添加剂。

林家铺子生产总监张莉：“我们的配糖记录中很明确地标注，柠檬酸是调节色泽护色的，异VC和VC也是调节营养平衡的，然后就是我们的冰糖、白砂糖，还有调节硬度的乳酸钙，就是这么多东西，再没有其他的，阿斯巴甜、安赛蜜等这些不需要。我们家就是纯糖。并且罐头的工艺首先是真空封口，然后再一个常温的灭菌，这样一个过程就不需要添加防腐剂。”

传统坛子状的玻璃瓶，彩色丝带系着产品标牌，这是一个标志性的林家铺子罐头的样子。

当时国内市场的罐头多以720克家庭装为主，林楠却推出一种规格减半、包装新颖的产品。然而，由于制作标准非常高，林家铺子360克一瓶的罐头的出厂价比别家720克罐头的零售价都高，林家铺子的销售经历了一个短暂的困局。好在这种小瓶的罐头在当时的市场十分新颖，还是吸引了一些想尝试的人。慢慢地，口碑越来越好，这种销售困局也被打破，林家铺子迅速铺开了市场。

林楠："我们是全中国第一个把瓶子变成360克的小瓶的，我们做了20多吨的产品，几天就卖光了，市场对于求新的渴望，一瞬间就被触发了。"

林楠："那时候光靠内销是根本不可能养活这个厂的，好在我们外销的基础很好，相当于外销是我们的保障，内销直到2005年才算真正成型吧。"

外销向内销的拓展不仅是林家铺子的里程碑，更是整个行业的里程碑，林家铺子的成功为整个罐头行业指明了一个新的方向。

2007年，林家铺子内销8000万元，首次超过出口。当同行千军万马还挤在出口外销之路的时候，林家铺子已经实现了外销到内销的成功转身，成为东北最大的罐头企业。正是林楠的果断转变，让林家铺子领先了同行业一大步。

林楠："不可否认，面对激烈的出口竞争，我们的管理意识、销售能力、管理能力、国际体系认证，尤其是食品安全，经历了很多的历练，诸如日本5S管理、欧盟ISO9000质量保证体系、FDA管控等。正是有这些经历，带着对罐头的理解、对行业的理解，做内销的起点和自我要求会很高。实践证明，从外销到内销超过外销，那七年真不容易，差不多是用最贵的成本，做了最贵的罐头，都是用最好的瓶、最好的罐、最好的糖，做出最贵的东西。”

2008 年，林家铺子在徐州新建工厂，获评“农业产业化国家级重点龙头企业”。也是在这一年，国际金融危机爆发。

“冬天也有冬天的风景，只要我们提前做好了准备，再冷的天也可以保暖防寒。2008 年国际金融危机，我们没有受到冲击，得益于七年前的市场转型，如果是 2008 年才开始转型，临时抱佛脚可能也没有用。”

2010 年，林楠参与了央视举办的“中国致富榜样”评选，因为这次评选，林楠迎来了他创业历程中最大的转折点，他得到了 IDG 资本董事长熊晓鸽的关注。2010 年 10 月，“中国致富榜样”评选 20 进 10 的角逐在大连举行。10 月 8 日，候选人演讲结束后，担当大赛评委的熊晓鸽到休息室与大家交流，并一一交换名片。和林楠交换名片时，熊晓鸽对林楠说了句话：“我有些成熟的想法，有时间我们一起聊聊。”

千万级投资，是机遇还是危机

林楠：“我注意到一个细节，在所有在场的候选人当中，熊晓鸽只跟我说了这句话。”

2011 年 12 月，林家铺子获得了 IDG 千万级的投资。百度、搜狐、腾讯、小米……IDG 在中国投资了 500 多家企业，而投资传统制造业，林家铺子是第一家。

林楠：“被人首肯了，一起畅想未来的时候你觉得特别美好。‘你放心吧，我们就五年上市’，说了很多豪言壮语。”

此时的林楠站在 IDG 投资的巨大光环下，而光环有多大，背后的阴影就有多大。自 IDG 正式注资起，林家铺子却遭遇产品销量断崖式下跌，这也是林楠创业近20年来经历的最大的、持续时间最长的一场危机，有人甚至清晰地预言了林家铺子的败局。

林楠："就是特别难，这种难甚至用语言都表达不出来。真的有些崩溃了。有的人甚至量化了工厂倒闭的时间，说就你这么干最多还有半年，林家铺子就黄了，肯定是这个结果。我们常说一条道走到黑，但难免中间会遇到一些十字路口，这个时候诱惑就太多了，往哪儿走你也不知道。2011年IDG来了，投资我们，这是我一直很骄傲的一件事，但同时也把我们放在了十字路口上，结果我们就在这个十字路口做了一些错误的选择。我们在一个错误的时机做了不恰当的选择，万一我们当时再带一些消极情绪的话，可能我们付出的还会更多。"

在中国，罐头对人工的依赖程度非常高。为实现IDG提出的五年之内上市的目标，林楠投入2000万元从国外引进了8条自动化生产线，加快推进"机器换人"，加速工厂的自动化改造，进入信息化、自动化迭代的新阶段。

从依赖人工的传统型生产到自动化、机械化转型，这是一个没有先例可参考的过程，但对于林楠和他与IDG的五年上市之约来说，这是必须实现的一个蜕变。但不是所有林家铺子的高层管理人员都认同工业自动化的想法，在购进设备之前，这个决定也遭到了一些人的反对。

生产总监张莉："整个团队是一种老思维，他们认为那种人工生产的方式虽然慢，但是质量是有保证的，这种新引进的机器应对能力就比较差，从而对我们产生了质疑。但我认为虽然会产生问题，但当问题解决之后，机器自动化生产一定是未来发展的方向。这个过程中有了一些思想的博弈，我们设备的负责人换了三批，因为一些老员工就有一些老思维，我们对接不上，所以合作就终止了。生产部长在这个过程中换了四批，品质负责人也换了两批。”

顶着压力，生产总监张莉在林楠的支持下开始做自动化流水线生产，可事情却没有这么顺利。2012 年 7 月，第一批自动化生产的黄桃罐头下线，情况出乎所有人预料。

生产总监张莉：“最大的一个问题是桃子夹不起来了，直接就化掉了那种感觉。”

从一颗桃子到一瓶罐头，要经历开瓣、挖核、去皮、漂洗、预煮、修整、装罐、杀菌、冷却，每一个环节都需要精准无误才能产出一瓶外形和口感都完美的罐头。问题就从整条流水线的第一步机器开瓣去核开始。桃子大小、成熟程度不一，而机器的标准却是唯一的，机器开瓣去核造成桃子边缘破损，甚至直接压烂。

张莉：“我们这个机器是从国外引进的，但国外使用这个机器时的原料情况和我们不一样，他们那边都是一个很大的农场，农场主实行规模化种植，桃子的规格、成熟度都是一样的，所以国外的桃子和他们的这个机器都是配套的。我们这里的桃子和国外的不一样，我国现在的种植没有达到规模化种植这种程度，所以和机器也不匹配。但我们完全没想到，当时拿来就直接用了，结果导致机器挖完的桃子都碎了，差不多有百分之三四十的损耗。”

因为没有预想到会出现这样的情况，林楠的工厂里没有提前预留足够的员工来应对机器出错，这也导致了只好依赖机器生产，但人工辅助、检查又没跟上。这样每一道工序的细小问题不断累加，造成最后的成品问题重重。2012 年，生产质量不达标，营业额下降了将近 3000 万元。最可怕的是，张莉和工人们连及时修正的机会都没有。

生产总监张莉："我们这个企业的特性，你干这一季的问题要在下一季才能被解决。这种积压的批量退货在历史上没发生过，全都在2012年爆发出来。"

林楠："因为到了2012年，恰巧赶上了中国整个快消品发生了断崖式的下滑，尤其是在下半年，这个下滑更加明显，我们没意识到有这么大的风险。当时投资来了买了设备之后，我们光想着好事儿了。我们做了一条生产线，设备买了自动化的，全部都更新了，但忽略了我们自身的管理能力没有提升，我们原来那种分产到户突然变成了一条流水线之后，大家感觉都没有自己的责任了，甚至产品出了问题之后都不知道是谁的责任，导致我们的生产质量出现了大幅度的下滑。"

生产出了问题，恰逢快消品断崖式下滑，销售部门也因此受到了很大的影响。

林楠："整个销售团队结伴而行回到工厂，对整个公司的生产提出质疑，就这么面对面的，就差口出不逊了。"

生产总监张莉："出现问题之后，团队的信任都荡然无存了，甚至当时的销售经理认为我是竞争对手派过来的卧底。我是自尊心非常强的一个人，那个时候真的是被人指着鼻子骂，真的是非常委屈，很难过。但遇到问题不能逃避，无论我去哪儿都会遇到问题，企业要我来就是解决问题的，我一定要把这个问题解决了。当时被销售团队质疑，我们就是坚持，还有信念。我们相信机器一定会代替人工，我们一定可以成功。"

对整个罐头行业来说，实现大工业化也是一场势在必行的突围，林楠决意做先行者，虽然遇到了暂时的困难，还是坚持要打磨这套自动化生产线。

林楠："真的是屋漏偏逢连夜雨，那段时间什么都赶上了，大环境不好，我们自己的产品量没有提升反而下降，走了一个大弯路，这口气差点没喘上来。但有人问我想没想过放弃，我现在回想，真的是从来没想过，碰到那么大的困难我都知道这是过程中的困难，我走过去就能达到那个未来。我真的没有任何犹豫，我说不听那些，咱俩（林楠与生产总监张莉）只要能达成默契，互相之间知道做什么就行了。"

林楠对生产总监张莉给予的无条件支持为她打消了后顾之忧。

生产总监张莉："他真的就是很放手的那种，因为这个平台是交给我的，干好干坏都是他在买这个单，这样一个老板，这样一个无私的人给你这样的一个平台，让你去展示的话，你没有理由去选择放弃它。经过危机之后，我们之间也更加信任彼此。这次质量的风波，也导致我们这个企业中年轻的一个团队起来了，大家之间的认同感也更强了。"

2012 年黄桃生产季过后，工厂开始调试、改造设备。

林楠："需要机器能力与人的甄别管控能力要匹配，每个批次、每个传送带上的东西出去以后如何做交叉等，这些细节上，工人的意识没有，企业自身也没有准备好，就会出现一些质量的下滑，这是我们始料不及的。因此，直到 2014 年，还在为 2012 年买单。"

生产总监张莉："当时有国外的一些技术支持，我们一步步改，一点点摸索，每年出现的问题一年一年地改进，这个过程大概持续了三年。我也没想到过程会持续这么长，我以为三个月到半年就可以解决。但我们这个行业周期性太长了，一年就一次，是行业的特性决定了我们调整的过程持续了这么长。"

终于，2014年，林家铺子工厂达成了自动化生产和人工的完全匹配，日生产量达到20吨。目前，林家铺子90%的桃子都可以用这些设备进行处理，余下的一些不太符合机器使用要求的桃子才人工进行处理。

自动化生产为林楠节省了生产成本，这对这个微利多量的传统型企业而言，意义非凡。原先人工开瓣挖核平均一吨需要300块钱，现在自动化之后，只用80多块钱，不到100块钱。成本上基本下降了60%。原来需要10个人，现在只需3个人就可以解决开瓣挖核的问题。一般生产罐头的厂家需要10到11个人生产出一吨罐头，林家铺子只需要两个半到3个人就可以生产出一吨罐头。

产量得到了保证，林家铺子罐头的质量也重新受到市场的认可。虽然林家铺子在智能化方面走了弯路，但也为这个行业的技术提升和进步做了很多努力，这种提升和进步不仅仅是企业的，也是行业的。

林楠："当时设备投资太大了，的确那个时机不对，但是我们今天熬过来的时候，我要告诉你我们黄桃罐头的生产能力是同行业最好的。这就是我们当初那个自动化投入带来的回报。如果今天才投，可能我们还要磨合多少年，但当时把这所有的困难，大环境的困难、设备磨合的困难都整到一起，在那么艰难的情况下，我们熬过来了。"

从黄桃罐头起家，到生产出水果、肉类、鱼类等几十种产品。在林家铺子站稳国内市场的过程中，有一件事林楠最为得意。

一夜之间解散销售队伍

林楠："我一直得意的，也是给自己埋下了最大的隐患的。我

林家铺子产品及生产线

林家铺子
装了一天好人，
守了一天規矩，
夜晚就該犯"醉"
跟好友干杯。
這此生勿复見，
山水不相逢，
謝謝你！
贈我一場空欢喜。
罐头每一罐
36
都是强心剂
熊孩子
又闯祸了
糖水什锦

产品展示

经常在一些地方吹牛，我说一个企业流动性最大的人员是什么，谁都说是销售队伍。好了，我告诉你，我区域总监以上的人至少有十位，除了他犯了底线的错误被辞退以外，十几年来，没有一个人辞职。我骄傲地讲这件事。别人说老林伟大，老林这公司管得好。”

然而，就在 2016 年 4 月，林家铺子区域总监以上的销售人员全部换血。

林楠:“其实你想，一个企业能一夜之间解散一个销售队伍吗？那是不太现实的，但是我做了。”

解散队伍之时，距离 IDG 的五年上市之约仅剩一年，林楠无疑是在冒险。事件的缘起是 2015 年 7 月林家铺子的季度总结会。从十年前的人均一公斤，到如今的人均三公斤，中国罐头市场已然达到了千亿级规模，市场不断扩大，竞争日趋激烈，但林家铺子的增速却持续减缓。总结会上，销售人员对销售困局的回答，让他察觉到了问题的严重性。

林楠:“当我问了五六个人的时候，我发现我必须停止再问了。我提的所有问题，我都知道他怎么回答。比方说，我说这个地方为什么做不下去，他就说竞争对手太强大，竞争对手投钱，咱家不投，等等，全都是这套说辞，永远都是这套话，一点没有他自己的责任。当时有一个环节，我们正好去了铁岭市，铁岭是我们一个强势的市场，我们大家分几组，然后去看市场铺市的表现，结果负责这个城市的经理竟然不认路！路都不认识，几个区都不知道。我问为什么，然后他说知不知道几个区和我做得好坏有关系吗？在反问我，那时候我内心里有两个字：完了！”

林楠马上请来多年的朋友、咨询师常铭升对全国的销售人员做了一次摸底、调研。

常铭升："我们的网点的铺市率跟主要的竞争对手差异很大。举个例子，比如说这个城市有一千家网点可以卖罐头，林家铺子只有六百家，主要竞争对手有八百家、九百家，甚至更多，就是说在很多的门店看不到林家铺子的产品。有产品的店，店主的满意程度也不是很高。第一个就是业务员拜访不及时，出现问题在售后服务的解决上效率也不高。"

林楠："这个团队一开始也是非常热情、非常有目标、非常有战斗力的。归根结底，问题的核心在于我而不在于他们。就是没有一个监管监控机制，完全靠他们自觉，最后的结果是什么，就是他的得到已经大于能力，这才是不走的真正原因。"

发现了监管的漏洞，林楠想通过一些调整重新激发团队的热情，希望他们回到自己的跑道上来。

市场总监常铭升："之前我给他们企业培训的时候，也能感受到，可能这些人年龄上比较偏大，思想上负面比较多。特别是学习能力，我认为是一个最大的问题。学习能力其实就是你能不能与时俱进，不断创新，不断自我超越，我们要有这样一种自我造血的能力。一个企业最核心的竞争力是什么，就是你有没有一个学习型的团队。我记得当时看比尔·盖茨的采访，问他成功的秘诀是什么，比尔·盖茨说让他自己挑 30 到 50 个人，5 年之内他还能打造出和现在一样的团队。"

强化制度管理，组织参加学习培训、团队建设、感恩教育，半年的时间里，林楠尝试了各种办法，希望这支跟随自己打江山的队伍重燃斗志。然而 2016 年全国市场第一季度的销售额比计划差了 3000 万元，这让林楠不得不痛下决心，裁撤所有区域经理以上的销售人员。

市场总监常铭升："我们有过交流，当时林总说想要两年的时间作为过渡期。我斩钉截铁地告诉他，如果你要让我来管理这个团队的话，我不会等这么长时间，因为对企业来讲，时间成本会付出很大代价的。最简单的就是，我们提出要求和标准，如果你可以跟上的话，你就可以归队；你要是跟不上，你只能被淘汰。所以我们当时跟每一个人去沟通的时候，并没有设定说要谁不要谁。我们只是提出一个标准，看他愿不愿意和我们一起去变革，愿不愿意去和我们一起实现这个更大的目标，适不适合让他来选择。"

对林楠来说，销售人员的问题已经走到无法挽回的地步了。2016 年 4 月，常铭升接手市场总监一职，从朋友变成了临危受命、共同打拼的事业伙伴。常铭升此前一直做咨询师，服务过南孚电池、喜之郎等企业。

林楠："这么多年，我跟他关系很好，我把他当作老师，但是我也有担心，我的心里也没底。我跟他关系好，我有什么担心我就告诉他，我对他说我就怕一件事，我怕你是老师，但仅仅是老师。但他这个答卷确实交得完美。"

仅三个月时间，2016 年 7 月，常铭升走进林楠的办公室，交上了一张销售业绩的答卷。又过了 3 个月，接手林家铺子的第二个季度，常铭升不但带领团队完成了当季销售任务，还补上了一季度欠下的 3000 万元。这给了林楠很大的惊喜。为了不负林楠的重托，常铭升开始了自己的巡店。2016 年，他走了全国 81 个城市，2000 多家店，逐一探寻林家铺子产品的销售情况。每到一家店，常铭升都要仔细查看产品的品相及陈列位置。

常铭升："第一看品种全不全，目的是什么呢？消费者要买山楂罐头，你没有，他就买别人的了，所以品种要全。第二点是什么呢？我们的陈列位置是不是最好的陈列位置？对于消费者来讲，他视线平行的和随手可拿的，这就是最好的陈列位置。第三个我们要看一下产品的生产日期。"

林楠："稻盛和夫说现场有神灵，不到一线是掌握不了情况的。在他的带动下，我们今天的员工每个小店每个小店去开拓，所以我们讲 2016 年增长这些销售量，是我们整个的销售人员用步量出来的，一步步走出来的。"

常铭升的到来，为林家铺子创下了 2016 年全年销售额 2.1 亿元，比上一年增长 28% 的业绩。而林楠还需要新的突破。传统罐头销售完全依赖经销商，林楠决定打破这种依存关系，把主动权抓在自己手中。

2017 年 6 月，林家铺子和大连华商粮油会共同启动了利剑行动，林家铺子的销售人员和经销商的业务员一起巡店，一来开发空白店铺，二要改善现有店铺的商品陈列，打造样板店，最终目的就是提升销量。利剑行动共拓展空白网点 2298 家，改善店铺陈列 5345 家，增加销售额 406 万元。这为林家铺子的销售带来了全新的突破。

林楠："其实林楠还是那个林楠，只是销售总监换了。我还是那样，但是常铭升来了，他让我看到很多东西，我只是在支持他，把他的想法实现。我是老板，但我不是天花板。放手和放任不太好掌握，但是经过销售这个事我自己对这个度也有所掌握。放手不等于不约束，监督机制是必备的。我身边的所有人，他的位置在网上都是有招聘的。如果你强，你怕什么呢；如果你不强，自然会有人来顶替你。”

90后的队伍和全新的视野

线下市场业绩有了突飞猛进的增长，林楠又把触角伸向了线上。做罐头20年，林楠一直把自己定位于传统制造业，线上销售让他既向往又感到胆怯。

林楠:“想做、怕做，不知道从哪儿做起，然后每一次都心潮澎湃，真正找了行业内专家一看，说也没什么大前景，然后再叫人去拿数据发现谁也没卖好。一个月几万元钱，就这个水平，所以说不知道该怎么干。”

林楠:“2015年的时候，就不断有小商小贩到我们徐州工厂去买东西，买罐头卖，而且一点点让我们觉得这个数量是挺惊人的，一次可能1000箱2000箱，就是做微商，我们都理解不了。1000箱10吨，KA店（大型卖场），大店平时好的情况下一个月卖两万元，两万元就100箱，也就是说是一个大店单店一年的销量。”

正是这个发现，让林楠看到，线上销售罐头是有市场的。2016年春节过后，林楠成立了社交电商部。林家铺子的社交电商部几乎都是年轻人，其中不乏90后。90后眼中的罐头没有特定的身世背景，也没有刻板印象，年轻人开始按照他们的喜好改造罐头。

社交电商部负责人:“可能以往咱们这个黄桃罐头口感上来讲就会偏软一点儿，就是整体比较容易消化，但是对于我们这一代来讲，年轻人就喜欢吃Q弹Q弹的东西，就喜欢吃稍微有一点儿咬头的，连桃子都喜欢吃脆的。所以在这个铁罐包装上，我们也跟工厂内部生产提出要求，把口感稍微调硬一点儿。这个原料其实是半熟的，然后在口感上它就会变成非常有咬头。”

除了改变基本的口感，这群年轻的90后还决定改变罐头外在的包装形式，可爱的卡通形象配上幽默风趣的金句，让整个罐头都变得吸人眼球。为了更好争取购买者，他们还推出了定制服务。

社交电商部负责人："这个渠道专门定制的，像专有的客户会有一些特殊需求，就比如说奖励他们的销售冠军，会定制专属头像的这种。"

对于让林楠既向往又感到胆怯的线上销售，哪怕是去试错，林楠也决定全权放手让年轻人去闯。

社交电商部负责人："最大的支持在哪呢，就是林总这人特别开明，不参与我们的任何事情，其实这一点对于老牌企业家来说挺难得的。"

2017年六七月，社交电商部又推出了针对这两个月罐头销售淡季定制的宣推活动——黄桃风暴。随后，林家铺子在新浪微博联合一百家蓝V企业官方微博号进行互推，"黄桃风暴"话题讨论量迅速达到百万次。

"正常来讲，那是一个淡季，淡季罐头销量应该是往下走，应该是旺季的百分之七八十，但是我们定了130%的任务额，目前达成率是百分之百。"

虽然线上销售额与线下销售额差距还较大，但林楠对他的社交电商团队充满信心。

林家铺子在国内罐头行业中，一直是被瞩目的对象，关于加工工艺、管理方式、营销理念，林家铺子总能在新思想新领域独占鳌头。而随着当下90后年轻一代成长起来并逐渐成为消费的主力，品牌发展最重要的一个方向就是去思考怎么去抓住这群年轻人。

因此，继社交电商部门成立后，公司在林楠的带领下，又迅速组建了品牌升级与融媒体部门，这个团队几乎都是90后、95后，并整合了专业品牌策划、媒介运营、文案、设计、摄影与视频制作人员，全力支持和推进品牌年轻化的转型工作。林楠为新的发展时期定下全新的发展规划：持续地与当下年轻人交朋友，做能满足年轻消费者消费场景需求的情绪化产品。

“加班熬夜，来罐林家铺子”“聚会喝酒，来罐林家铺子”“出游野餐，来罐林家铺子”……这是融媒体部门提出的品牌诉求，简单、实际、直接，让罐头重新回归到消费者的生活场景中去，它可以无处不在，可以随时解决饥渴需求、解压需求、精神慰藉等需求，并通过一系列场景海报、文案、视频，表现出一个年轻的林家铺子，真正实现与年轻消费者的交流互动。

林楠："这个消费群已经明确发生了变化，我们从网上的数据就能看出来，在网上订购休闲食品的70%是女性，70%是18到35岁之间，35岁除了自己消费以外，可能还有孩子一起消费，这就是一个特别明显的变化。所以我们也在强调罐头的去罐头化，罐头的休闲化也是我们的一个方向。这个空间其实刚开始，空间还很大，我们相信最终我们的销售额，线上和线下可能是旗鼓相当的，尽管现在还有很大的差距。"

2017年7月26日，林家铺子在新三板正式挂牌。2018年林家铺子销售额为3.05亿，2019年1月至9月末，销售额就已经达到了2.67亿。

电商销售上也有重大突破。2017年，林家铺子仅入驻了天猫和京东。2018年，新入驻了拼多多、苏宁易购、贝店等平台。截至2019年10月，入驻平台数达到近20个。其中，在天猫、京东、苏宁易购、贝店、每日一淘、云集这些主流平台上，林家铺子均排名类目销量第一。

2018 年双十一，天猫旗舰店销售额 74 万元，比 2017 年（25 万元）增长 196%，排名从行业第 5 升至第 1。2018 年天猫旗舰店销售额 1780 万元，比 2017 年（279 万元）增长 538%，排名从行业第 12 升至第 1。

截至 2019 年 10 月，天猫旗舰店实现销售额 4604 万元，比 2018 年全年（1780 万元）增长 159%。2019 年 10 月 29 日，天猫旗舰店单日销售额突破 200 万元，创店铺历史新高，创行业历史新高。

林家铺子的团队也从 2017 年只有 1 名天猫店长、1 名美工和 2 名客服，发展到 2018 年，团队人数达到 12 人。2019 年，团队人数增至 39 人。不仅是团队日渐成熟，企业的发展方向也越来越清晰。2020 年，林家铺子建立了要实现大连电商圈岗位工资最高的目标。

2020 年一季度，受新冠肺炎疫情的影响，人们的日常生活没有以往那么便利，而电商销售可以满足大家足不出户采购食材的需求，林家铺子在 2 月 10 日积极地复工复产，在直播红利到来之际，利用在互联网上三年的耕耘和品牌优势直接嫁接到直播渠道，连续几次与李佳琦、薇娅等知名主播合作，加大了这一宣传力度，使得公司电商销售收入对比 2019 年同期没降反升。

林楠："为那些有志于岗位创业的创业者，提供一个平台，我们一起去创造一个中国农产品加工的典范型企业，无论从规模、管理、产品的营养安全美味，我们都能做成个典范的状态，这一辈子做了这一个作业我觉得也挺满意的。我们还有更多的想法、更多的主意想在接下来的这个时代里不断去绽放，我觉得挺好的。

年轻时想赚更多的钱，今天可能我想更多的人赚到钱，这就是我们自己感觉到比较满意的地方，每当想到这儿的时候觉得自己挺伟大的。你要问我什么时候做好了，我发自内心地讲一句，很惭愧，我感觉今天才算是做好一点了。”

“值钱比有钱更值钱，这是我们做实业的人的声音。”作为这个行业的领先者，林家铺子还在不断探索。

一生只做一件事：
用心做好茶

1972年6月，在河南省信阳市平桥区素有“北大荒”之称的肖王乡肖王村，一户姓刘的农家喜得贵子，取名文新。然而谁也未曾想到，时至今日，“文新”一词在一部分人眼中已经成为一种茶叶的代名词，有时候，这两个字甚至代表着一项产业、一种精神。

文新毛尖茶创始人刘文新

贫困磨炼意志

刘文新自幼家境非常贫困，一家九口人，挤在三间土坯房里。1989 年冬天，家里实在没有能力供他上学了，在父亲的叹息声和母亲的泪光中，他不得不辍学外出。临走时，母亲用颤抖的手塞给他全家人省吃俭用省下的 300 块钱。

“那时我在心里发誓，我一定要对得起那 300 块钱，我一定要出人头地，我一定要给父母争光。”说到那些往事，刘文新说话的口吻带着伤感，却流露出一种坚定的豪气。

初来乍到，刘文新对信阳这个城市充满了憧憬，他用母亲给他的 300 元钱作本钱开始卖鸡蛋。那时候的鸡蛋生意利润很薄，卖一个鸡蛋还赚不到一分钱。当天的鸡蛋卖不完的时候，他就在车站或别人屋檐下趴在鸡蛋篮上打个盹。几番折腾下来，到过年的时候，除掉吃住，所剩无几。

“我一直都觉得，命运就掌握在我自己的手里，就看我自己怎么把握了。”刘文新的斗志不是那么容易被消磨的。

那时候，刘文新的一个姐夫在做茶叶生意。在偶然的接触中，刘文新察觉到市场上的信阳毛尖很紧俏，茶叶的利润要远远大于鸡蛋的利润，这激起了他对茶叶生意的浓厚兴趣。

最开始，刘文新像很多茶叶小贩一样，每天凌晨两三点钟就赶到 30 公里外的大山茶区，穿梭于茶叶批发市场，翻山越岭到茶园和茶农家中看茶样，然后再赶回市区把收购来的茶叶出售。

和周围的卖茶人站在一起，十七八岁的刘文新又小又瘦，总是被周围的人挤在最后面，看起来毫不起眼。可是他的眼神里流露出的质朴单纯和几分坚定的神情，却往往能打动买茶的客人。

令刘文新感到欣慰的是，他以前卖几筐鸡蛋才能赚到的钱，现在卖一斤茶叶就可以得到。这为他鼓起了继续走下去的勇气。

“其实我的出生地并不产茶，决定做茶叶时还不知道茶叶是什么概念，当时主要是不愿再过那种面朝黄土背朝天的生活，不想再过那种贫穷的日子，想要在城市里打下一个新天地。那时最大的愿望是在信阳市能有自己的房子，哪怕是十几、二十几平方米就足够了。”

那时候的日子过得很艰难，冬天里没有钱买袜子、毛裤，衣着单薄的刘文新照常每天穿梭在大街小巷中，他的双脚经常被冻肿。每天晚上回到租住的小屋，都要用掰开的辣椒泡水洗脚，否则就疼得睡不着觉。

“那时候也没觉得怎么苦，心里只有一种激情和冲劲。因为我知道我必须忍受，否则面临的就是回农村。”可能纯粹是为了求生存，刘文新忍受了艰难跋涉。

第一年下来，他赚了 300 块钱。钱虽然不多，但是那种喜悦却是无法用言语表达的。大年三十晚上，他骑车跑回了距市区 33 公里之外的老家，亲手把钱交给父母，却只待了一天就返回市区。为了他的茶，他一刻都不能放松。

也许是困难的家境，也许是坎坷的经历，磨炼出刘文新坚韧不拔的意志，这也成为他战胜各种艰难和挑战的法宝。

1992 年，信阳建了座茶叶市场。市场的第一家店租金是每个月 500 元，刘文新看中了这个店铺，咬咬牙想租下来。“一年赚一万多，可是店铺租金加上各项开支每月要一千多，如果把铺租下来，我可能赔得血本无归。”刘文新心里盘算着

他揣着兜里省吃俭用攒的一万块钱，考虑了很久，最后还是

决定把店铺租了下来。在别人还在摆地摊的时候，刘文新在那间不到二十平方米的房子里开始了他的门面经营：前面是柜台，中间是货柜，后面支个煤炉生火做饭。

"虽然有点累，但是生意很红火，每天过得很充实很自信，当年就赚了几万块钱。"也许就在当时，刘文新练就了他洞悉市场的能力。

勇立潮头兴茶业

1994 年年底，刘文新花 38000 元买了一间房子，铺上地板砖，买了豪华沙发和办公桌，用来做刚成立的文新茶庄的办公室。"有了茶庄，有了办公室，就有了底气。客户看见文新茶庄像样的办公室，就会觉得公司有实力，生意就很容易谈成，而且都是大买卖。在茶庄时主要是以零售为主，一天卖 100 多斤，最好的时候一天卖了 6000 多斤。能把生意做成这样，也许很多人都不相信，现在回想起来连我自己都不敢相信。而且我知道我再也不用回农村了，我在城市里有属于自己的一片天地了。"刘文新说。

当刘文新在他那间办公室里待了两年之后，他发现信阳毛尖存在的最大问题就是没法保鲜，很多商家都不敢买进四五十块一斤的茶叶，因为一旦售不出，次年就会出斑。于是刘文新建了信阳第一个专业保鲜库，把没人敢经营的茶叶装满冷库，等到大家的高端茶卖完了，只能到文新茶庄来批发。

"我保鲜起来的茶叶，质量好，叶绿色青，别处没有。价格虽然比原来的高出一倍，但还是一售而空。"刘文新自豪地说。

赚了钱之后，刘文新又投资了 36 万元购置了门面房。由于他经销的全是地道的大山毛尖，汤清色绿，味道醇厚，再加上价格公道，质量可靠，生意越做越大。他还聘请全国著名的茶叶专家作为公司的高级顾问，使“文新毛尖茶”的风味、质量形成了独特的风格。

在与国外、国内茶区和知名茶人的交往中，刘文新敏锐地了解到，许多市民对茶艺、茶道、茶俗、茶联、茶歌之类的茶文化了解并不多。他认为茶文化是茶叶经济腾飞的翅膀，没有文化做底蕴的信阳毛尖是没有前途的。于是，刘文新先后投资 2200 多万元，在信阳市创办了首家典雅别致、集文化娱乐与品茗休闲为一体的文新茶艺馆，大大推动了信阳毛尖茶文化的发展。

经过几年开发，“文新”牌主导产品达到 23 个系列 100 多个品种，并结出了累累硕果：1997 年在中国国际茶叶展览会上荣获金奖；1999 年被省政府列为“省重点保护产品”；2001 年被评为中国 A 级绿色食品，填补了信阳毛尖无绿色食品标志的空白；2002 年取得中国农业科学院有机茶认证；2003 年被评为河南省著名商标和河南省免检产品，荣获河南省名牌农产品称号；2004 年文新公司通过了 ISO9001 国际质量体系认证及 QS 认证；2005 年获得全国工业产品生产许可证（QS）认证；2006 年被评为中国名牌农产品；2007 年获得第二届世界绿茶大会最高金奖等荣誉称号；2010 年荣获中国驰名商标称号；2013 年荣获河南省“省长质量奖”，成为省内唯一获此殊荣的茶叶企业；2015 年在米兰世博会上，更是一举获得“百年世博中国名茶金骆驼奖”，并成为上合峰会的唯一提供用茶；2016 年成为农业产业化国家重点龙头企业；2018 年，文新茶叶作为河南特产亮相外交部河南全球推介活动。

刘文新是信阳第一个用自己名字命名茶叶的人。时至今日，文新公司已下辖四个分公司，并建成了两个大型茶叶加工基地。基地加工厂内设备先进齐全，生产流程严格按照分级、摊放、杀青、揉捻、理条、提香等一系列复杂的信阳毛尖制作流程进行操作，文新茶叶实现了信阳毛尖在品牌化、标准化、绿色化和产业化轨道上的跨越式发展。

目前，刘文新正在做一件事，即大力发展茶旅游业，在有“茶王之乡”美誉的浉河港兴建了“文新茶村”。旅游区集美食品鉴、民俗观赏、亲子游乐、茶叶采摘、休闲度假、安居疗养等功能于一体，能吸引游客来这里，并留得住。通过信阳毛尖手工技艺展示、信阳茶的品鉴、茶艺表演等项目，使游客能充分感受和欣赏信阳茶文化的独特魅力，彰显信阳的民风、民俗和民智，让更多的人了解信阳，喜欢信阳！

谁谓茶苦，其甘如荠

“淮南茶，信阳第一”，这是宋代文豪苏东坡在品尝过信阳毛尖之后的赞誉。信阳毛尖 1915 年一举夺得巴拿马万国博览会金奖；新中国成立后，信阳毛尖被誉为全国十大名茶之一；1990 年荣升国家金质奖；1991 年被杭州首届国际茶文化节授予“中国茶文化名茶”称号。信阳毛尖似乎一路风光。

然而，现实情况是信阳毛尖这一名茶却未能成为名牌，品牌效应远逊于中国其他名茶，甚至还没走出河南，与其历史的悠久和辉煌形成了强烈反差。信阳毛尖的荣誉很多，品质公认的好，获得很多奖励，其综合指标均超过其他品牌，可现在它在十大名茶中比其他品牌的知名度都要低，是何缘由？

信阳毛尖由于是一个公益性的品牌，许多信阳当地的茶场用一些粗制滥造的茶叶以次充好，而其他茶的宣传力度大，注重包

早期文新茶庄

文新茶叶精制生产车间

疫情下的支援

装。信阳毛尖这样一个兴极一时的品牌，却在不规范的市场竞争中，逐渐沉沦了。

“这是任何一个有志于信阳当地产业的人，都不会甘心的事情。”刘文新在说这句话的同时也开始了他的名茶复兴之路。

怎样能够在当地的各个名茶市场中打造出一个能够证明毛尖品质的品牌呢？于是，刘文新开始扎扎实实地经营他的“文新”品牌。他将文新的品牌与天然的信阳毛尖的品牌结合了起来。究其品牌内涵的核心，那就是品质和责任。

刘文新的过人之处还在于他能够让文新茶叶集团顺势顺时地把握住市场的主流，借助媒体的力量广为宣传，借助品牌的效应产生影响。同时在文新茶的包装上也奇招频出，创意连连。他在茶叶宣传和包装上实行了多元化，用他自己的形象作商标的主体，配上了极为大气的“心容天下”四个字，再配上代表茶叶的绿色背景，让人不禁眼前一亮。这些让文新茶叶在众多茶场围绕蝇头小利的争夺中迅速脱颖而出，成为一个专注打造精品的企业。

“我们把责任作为我们公司内心的力量；品质为我们公司发展的前提；包装和品牌以及自有品牌的营造则是我们公司在市场上杀敌制胜的武器。”刘文新说得很大气，也很真诚。

刘文新给自己做过定位，那就是“茶是我的生命，茶是我的事业，我一生只做一件事情，那就是用心做好茶，所以我们做茶专业，做业专注”。

“做生意其实就是在经营人，不是经营生意。把人经营好了，生意自然就成功。”在这么多年里，刘文新的成功也许就在于他把人经营好了。为茶农增收是回报社会，让大家喝上好茶同样是回报社会。刘文新说，商人更要懂得以人为本的经营理念，以情待人、以情感人、以情动人。

产业扶贫，回报社会

近年来，刘文新积极响应党的扶贫号召，把助力脱贫攻坚与企业发展相结合，发挥党团组织主体作用，创新了扶贫三大模式，为老区信阳打赢脱贫攻坚战做出了积极贡献。

首先是创新产业带贫模式。刘文新在企业发展的实践中探索出了以建立贫困户与产业链的利益联结为核心的多种产业带贫模式。

一是“扶贫产业＋园区＋贫困户”模式。在企业纷纷用机械代替人工降低成本的今天，文新茶叶公司想的却是如何通过产业升级增加岗位来带动就业。现在文新茶叶加工园和文新茶叶科技园成为就业帮扶的主战场，提供茶叶生产岗位300余个，茶叶生产旺季时临时岗位达2000余个，主要接收茶乡贫困户，带动他们脱贫增收。

二是“龙头企业＋合作社＋贫困户”模式。文新公司充分发挥合作社的桥梁纽带作用，通过组建文新农民专业合作社，采取茶园流转方式加强统一管理，大力推动单一茶园向复合型立体茶园、生态茶园、有机茶园发展，先后建成“万亩生态有机茶园”“万亩标准化示范茶园”“万亩茶文化生态观光茶园”，形成了集中成片的名优茶生产基地。公司所流转茶园经营权完全归农户所有，涉及的龙潭村、郝家冲村等186户村民流转茶园收益达3600万元，涉及茶农生活基本达到小康水平，部分进入富裕行列。

三是“美丽乡村＋基地＋贫困户”模式。刘文新大力推进“文新茶村”旅游项目建设，把贫困茶村建成美丽乡村，建成茶旅游基地，打造成为“3A级旅游景点”，通过茶旅游和乡村游开发实现了三产融合，带动茶农拓宽收入渠道，实现了足不出户赚钱顾家两不误。同时，茶旅游开发对美丽乡村建设、生态环境保护起到了促进作用，真正让绿水青山变成金山银山。近年来，通过产业扶贫带动，公司直接带动6500余农户，2.3万余人在茶叶生产中受益，人均增收2050元；辐射带动周边5万户茶农约18万人受益，人均增收1200元。

其次是创新教育扶贫模式。一方面是免费培训。文新公司把技能培训作为提升贫困茶农就业技能的重要方式，充分发挥自身产学研合作优势，每年聘请茶学专家、专业技术人员深入贫困村免费对茶农进行种植技术培训，先后培训和指导3200多人次，无偿发放技术书籍、培训资料近5000份，既引导茶农进行无公害、绿色食品和有机茶生产，提高产品附加值和市场竞争力，又有效提高茶农收入，带动贫困户脱贫增收。另一方面是捐资助学。文新公司把帮助贫困茶农子女完成学业作为阻断贫困代际传递的重要途径，从2013年开始在信阳市首创了“红领巾文新奖”，已连续为优秀教师、辅导员和优秀少先队员奖励30多万元。同时，公司在茶乡设立专项助学基金，对贫困家庭学子定向资助，让他们顺利完成学业。

最后是创新联姻助贫模式。文新公司高度重视非公企业党组织和团组织建设，刘文新亲自担任公司党总支书记结对帮扶贫困户，文新公司团委书记带头到光山县文殊乡杜槐村任驻村第一团支书，公司所有党员都一对一联系有困难农户，对其生产生活遇到的实际困难及时协调解决，在脱贫攻坚中发挥先锋模范作用。公司注重发挥基层党组织的战斗堡垒作用，坚持走“企业支部＋贫困村支部”联姻发展的路子，与茶乡的贫困村党支部结成帮扶对子，与贫困茶农签订协议，以高出市场10%的价格收购协议户的鲜叶和干茶，保证贫困户茶叶全部收购，让贫困茶农茶叶价格优，不愁卖，真正实现脱贫致富。2016年以来，公司党组织先后与信阳市国税稽查局等单位以党建共建的模式，实施精准扶贫工作；与浉河国税局共同开展了金融扶贫，为谭家河乡的92户贫困户每户每年发放3100元，连续三年总计帮扶金达85.56万元，让困难茶农可以通过非公企业党团组织得到实惠。

厉运宝是浉河港乡郝家冲村茶农，三个孩子都在上学，妻子又患上宫颈癌，长年吃药，因此成了远近闻名的贫困户。文新茶叶在精准扶贫中，及时为他送来了炒茶机械，村里送他参加了区里组织的炒茶技术培训，勤奋好学的他成了小有名气的炒茶师，仅用两年，还上了妻子治病欠下的十多万元欠款，又住进了政府易地扶贫搬迁盖的新房子。

由户到组，由组到村，由村到乡，直到乡外，文新公司的辐射力成为茶农脱贫致富奔小康的强大助推力。2008年，刘文新带领文新公司6000多户茶农签订了农业产业化合同，公司保证收购价格高出当地平均价格的30%，合同茶农收入最多高达40万元，信阳毛尖由过去不值钱的农产品成为茶农心中的“摇钱树”。这些都不得不归功于刘文新。

2020年新春，一场突如其来的新冠肺炎疫情来势汹汹，全国战“疫”迅速打响。刘文新带领公司干部职工在疫情防控工作中走在前、做表率，不仅扎实做好本单位的新型冠状病毒肺炎疫情预防和控制工作，而且心系抗疫一线。

2020年1月31日上午12点，刘文新带着紧急筹集到的10000个医用口罩和120瓶消毒液来到信阳市浉河港镇政府进行捐赠，以解当地防疫物资紧缺之急。

2020年2月1日上午，文新茶叶公司党员干部纷纷捐款献爱心，短短一个小时捐款11010元。

助力打赢疫情防控阻击战，文新茶叶公司一直在行动：累计捐赠现金10万元，捐赠医用口罩25000个、消毒液120瓶，价值5万元的茶食品等防疫物资。

运送物资的路程有长有短，但无论开车时间多长，刘文新都亲自跟车督促，确保安全高效地将防疫物质送到；捐赠地点有多有少，有时一上午要跑三四个捐赠点，连喝口水的时间都没有，但刘文新觉得值得。他说，“我知道这些防疫物资对于一线抗疫的同志们非常重要，早一点给他们送到，我心里就早一点踏实！”

古人云：“有非常之人，然后才有非常之事；有非常之事，然后才有非常之功。”如今，文新公司成为农业产业化国家龙头企业。经营天地宽了，刘文新追求的目标更高了。为了给自己“充电”，他挤出时间不断学习，先后攻读了郑州大学EMBA和北京大学光华管理学院EMBA，他说文新人就应该有一种精神，那就是“勤奋好学，激情实干”。

刘文新先后荣获了中国十大杰出青年农民、全国五一劳动奖章、中国青年五四奖章、全国农村青年致富带头人标兵，并连续当选第十二届、第十三届全国人大代表。但这些并不是刘文新的追求。“茶是我的生命，茶是我的事业，我一生只做一件事，那就是用心做好茶，所以我们做茶专业，做业专注。”刘文新再次道出了自己的人生定位和信仰。

仟真和：
逐梦餐饮路

养生火锅、泰国菜、自助餐、小吃、麻辣火锅、牛肉馆、地方菜、云南菜、粥铺、客栈，10家类型完全不同的餐厅、业态出自同一人之手。从1个品牌到10个完全不同的品牌和30多家直营店，历时15年，他在云南昆明走出一条开了挂的餐饮路。

仟真和创始人李琰

从明星梦到餐饮梦

云南，是中国少数民族最多的省份，每个民族都有自己独有的饮食文化。素有“春城”美誉的省会昆明，是一座旅游城市，更是一座美食之都，与之相伴的还有激烈的餐饮竞争。

商场如战场，在云南激烈的餐饮竞争中，不知有多少人曾义无反顾地冲进市场，结局却落得血本无归。然而，在一波又一波浪潮中，有一个人十几年来一往无前，成为如今云南餐饮业的“一座大山”。他是李琰。

李琰曾在脑海中勾勒的是与现在完全不同的自己。10 岁那年，他梦想成为一名游泳运动员。父母把李琰送到少年体育训练馆，由于骨龄超过专业运动年限，他被拒之门外，李琰第一次与自己的梦想失之交臂。

20 世纪 90 年代，活跃在大银幕上的女神还是王祖贤和林青霞，电视屏幕上播放的还是《过把瘾》。1995 年，上高中的李琰对表演产生了兴趣，梦想成为一名演员。高考前他去四川参加了北京电影学院招考，然而事与愿违，由于没有经过专业的培训，面试时未能通过，李琰从艺的梦想再次破灭。

克雷洛夫曾说：“现实是此岸，理想是彼岸，中间隔着湍急的河流，行动则是架在河上的桥梁。”李琰想要越过这条湍急的河流，他必须有所行动。就这样，经历了艺考失败的李琰继续努力学习，最终被云南师范大学中文系录取。

光阴飞逝，1997 年，李琰大学毕业。师范大学中文系出身的李琰没有去当老师，也没去做与中文有关的工作，反而在金龙饭店当起了前台。金龙饭店是当时昆明市第一家外资高星级的饭店。

这份工作实习期的工资只有几百元，工资不多，但李琰看中的却是来来往往的各路政府官员、企业家和明星名流。他可以从这里了解更多外面的世界。

半年后，有人告诉李琰昆明的康辉旅行社正在招人，问他想不想去。那时候正是云南出境游风生水起之时，李琰看到了云南旅游市场大有可为的前景，决定去试试。于是，李琰转行到了昆明的这家康辉旅行社。恰是这一份看似与餐饮完全不搭界的工作，开启了李琰的餐饮梦想。

李琰在旅行社做出境旅游业务，在这里，他帮助旅行社开辟了港澳台以及东南亚地区的旅游路线。李琰在旅行社尽情施展自己的才华，也积攒了人生的第一笔财富。做旅游的这段日子，李琰走过很多地方。每到一个国家，游客们最先问他的都是，这个地方有没有什么好吃的？慢慢地，李琰发现，人们认识一座城市，几乎都是从美食开始的。也正是从那时起，李琰坚定了自己要成为一个餐饮老板的梦想。

“市场非常好，但是好的餐饮店，接近大众的餐饮店，性价比高、装修各方面都比较好的餐厅几乎没有，所以我觉得是个机会。”

这是李琰的又一个梦想，与曾经那个年少努力成为游泳运动员和演员的自己一样，敢于做梦，也甘愿付出努力，追梦的路在脚下。2002 年，李琰辞去了在旅行社的工作，开始做餐饮。都说万事开头难，可李琰没想到这一开头不仅难，甚至让自己跌入了生活的谷底。

“120 万，想都没想”

2001 年，李琰人生中的第一家店开在昆都，一家西餐厅。昆都位于昆明市中心，这里有很多酒吧，聚集着昆明最多的年轻人，还有外国人。可即便如此，李琰的西餐厅却还是门可罗雀。很快，进入餐饮业的第一家店就黄了。

黄了的不仅仅是李琰的西餐厅，还有他的生活。这一次失败让原本信心满满的李琰跌入了谷底。可是不管怎样，生活还是要继续。经过一番挣扎，2002 年，他把西餐厅改造成了酒吧。酒吧营业状况虽然有所好转，李琰的生活状态却没有彻底好起来。

开酒吧的环境十分复杂，李琰过着昼夜颠倒的生活，填补生活空白的是过量的酒精。酒过肝肠，却没带走心中的烦闷。他自己也说："当时确实浮躁，我父母就觉得我做的事情不正经，认为我开酒吧就是不务正业。"

就这样，"不务正业"的李琰又熬过了些日子。开酒吧的生活可以暂时麻醉李琰的内心，却无法冻结他的餐饮梦想。颓废的日子一天天过去，李琰意识到，自己不能再继续消沉下去。蛰伏两年，李琰心中的那团火焰再次燃烧起来，他决定再拼一次。重振旗鼓，李琰看中了一家店面。

"那个位置实在太好了，多耽搁一分钟一秒钟对我而言都是很大的风险，被人抢了我就没机会了。"

如今说起当时接下这个店面的情景，李琰还历历在目。

"接这个店面说起来还真的挺有勇气的。当时之前餐厅的老板不想做了，他想去外地发展。我就说您这个转让费是多少？他说 120 万。我想都没想就一口接了。当时我是身上都没多少钱的人，就接了。因为我觉得要做就要快，在这种好的地段立品牌会比较容易一些。"

金马碧鸡广场是昆明的地标性建筑，是昆明八景之最，也是外地游客来昆明旅游必去的景点之一。相传，金马碧鸡坊始建于明朝宣德年间，至今已有近四百年的历史。据说，由于地球、月亮、太阳运转的角度关系，每隔 60 年会出现一次“金碧交辉”的奇观。当太阳将落，余辉从西边照射碧鸡坊，它的倒影投到东面街上；同时，月亮则刚从东方升起，银色的光芒照射金马坊，将它的倒影投到西边街面上；两个牌坊的影子，渐移渐近，最后互相交接。

广场的对面是昆明最传统的商业中心。这一带，年轻人多，热闹，还是美食的集结地，很多餐饮企业都梦想着能把店铺开在这个商圈。李琰看中的这家店面就在这里。

人们常说，好的开始是成功的一半，选址在李琰心中就是一家餐厅的开始。这也是他硬着头皮也要拿下这个店面的原因。

“选址真的很重要，地段对我来讲是百分之六十，产品是剩下的百分之四十。地段很大程度上决定了经营的成功性和难度系数。地段好的话，如果经营有什么问题还可以及时调整，地段绝对是第一位的。所以我们在选址的时候，第一步一定要做好。”

关于选址，李琰的心中有一些标准。

“我们一定是关注城市的地标，人流量是决定我们选址的第一要素。第二个就是地段的前瞻性和发展空间，不一定说这个时候就是它最成熟的时候，可能是未来五年或者三年才会开始发力的地段，我们也会关注。第三个就是现在社区的好地段，或者是叫城市次中心的地段。因为现在的交通很拥堵，很多人出行也不是很方便，他会就近消费，所以我们也愿意在城市次中心来做品牌。”

为了获得上乘的店面，李琰专门建立了负责店面拓展的团队，这个团队会盯着一些好地段、好商圈，持续对他们关注的地段保持密切的联系。如果有合同到期或是好的店铺空出来，他们一定第一时间得到消息。这个团队一旦发现合适的店铺，李琰就会先拿下那个位置，再去考虑让自己的哪个品牌进入。

李琰说，这个选址的方法在别的城市也是适用的，关键是看这个地段适合拿来做什么业态。业态是可以调整改变的，但好的店铺一旦错过就不再有了。人生不是赢在起点，而是赢在转折点，当年这个120万的店面就是李琰的转折点。

“一个八面风的位置，焦点所在，就好像风水宝地一样。如果在这样一个地方，我的店开砸了，那我也不要再在昆明混了。”

灵感一现，连开三家分店

背水一战，面对120万的转让费，李琰绞尽脑汁开始筹钱。命运这一次似乎站在了李琰这边，店面老板推迟了离开昆明的日期，李琰多了一年准备时间。然而，一年的时间，120万，这对重新起步的李琰而言，仍然是个巨大的挑战。如何迈出第一步？李琰决定把自己的酒吧改装成餐厅试试水。为了改装餐厅，他向父母借了5万元。

李琰出生在一个普通干部家庭，家中有三个姐姐，都有各自的工作。作为小儿子，父母对李琰自然也是寄予厚望。然而，西餐厅的失败和开酒吧那段日子的颓废生活让李琰的父母十分失望，这5万元是父母最后的一点积蓄，也是他们对李琰事业的最后一点希望。

李琰只好在心中无数次地告诉自己，你已经没有退路了，你必须成功。有了西餐厅的前车之鉴，虽然时间紧迫，李琰还是慎之又慎。做什么能吸引到更多的顾客呢？李琰开始琢磨昆明的餐饮市场。

昆明人爱吃辣，当时昆明很多火锅店都是外地人来开的川味火锅，生意都还不错，而且火锅比较容易上手，于是，李琰就想尝试做麻辣火锅。麻辣火锅还没开始做，在酒吧街的一个发现，就让李琰改变了主意。

有一次，李琰出去吃饭，发现店里会为每位客人配送一碗骨头汤。这个意外发现，给了李琰很多启发。他联想到了自己的店。李琰的店在昆明最热闹的夜生活区，店铺周边年轻人多，酒吧多，这些喝多了酒的人，都特别想喝一碗暖胃的汤。这碗店家配送的汤让李琰想到，为什么非要做麻辣火锅呢？骨头汤也可以煮火锅，而且开在酒吧街上肯定受欢迎。

就这样，根据店铺周边的人群定位，李琰推翻了之前做麻辣火锅的想法，改做骨头汤火锅。就在李琰决定做骨头汤火锅之后，朋友们发现李琰不见了。原来，这段时间，李琰自己在家里闭门熬汤。

一锅汤看似简单，却需要下不少功夫。调料的比例，熬制的时间，都需要恰到好处。新手上路，李琰凭着自己的一股韧劲，熬了一锅又一锅，试了一次又一次。功夫不负有心人，熬了上百锅汤后，终于有一锅骨汤让李琰为之一振。

“当时一下从凳子上跳起来，好，今天这个汤好了，终于找到了这个感觉。”

于是，2005 年，李琰的“仟和骨头王”面世了。他在骨头汤里加入当地的野生菌食材，熬出一锅健康、滋补、清淡、营养的骨头汤火锅。他还根据夜店区人们的消费习惯，把骨头汤火锅店营业时间调整到凌晨 4 点下班。当周边餐饮店全部关门的时候，只有李琰的骨头汤火锅还在营业，这家店成了人们吃宵夜的必选之地。

“照我的想法，按照预期火了起来，但是没想到有那么火。当时昆都那个店门口那条街是单行线，一到饭点一定是塞车的，整条街都塞，所以还是很震撼的。”

李琰的骨头汤火锅一鸣惊人。这家近400平方米的首店，生意最好的时候，每个月的营业额能达到80万元。一年后，李琰用挣来的120万元拿到了那个心仪已久的店铺，他的第二家骨头汤火锅店就开在了这里，金马碧鸡广场的旁边。

开业当天，李琰叫了几个朋友，自己也装作普通的顾客坐在店里，边吃边看来往的顾客对自己这家店如何评价。那天，李琰雇人刷店里的盘子就刷了一整晚。日子忙碌起来，李琰的心也跟着充盈起来。

骨头汤火锅不仅开创了昆明餐饮排队吃饭的先河，也让李琰在昆明餐饮业站稳了脚跟。接下来的一年内，李琰又在市中心连开了三家分店，仅用了三年，营业额就到了两千多万元。

从连亏三年到泰精选认证餐厅

2007年，李琰动了做泰国菜的心思。这之后，他便开始了调查。他了解到，当时昆明只有三四家泰国菜餐厅，而且无论从装修、服务，还是味道上，都跟李琰在泰国感受到的不一样。可以说泰国菜这部分，昆明还是一个空白的市场。为了做好这家泰国菜，李琰足足考察和准备了一年的时间。

2008年，李琰开了一家做泰国菜的餐厅——耀华力，其创办缘于李琰对泰国菜的喜爱。李琰过去做旅游的时候常去泰国，他自己也非常喜欢吃泰国菜。泰国菜的食材都很天然、原生态，酸辣甜的口味调和是泰国菜的精髓。

“耀华力”这个名字来源于曼谷的唐人街——耀华力路，这是一条交通繁忙、很有活力的街道，也是曼谷地价相当贵的一个地方。可“耀华力”一面世，却没有像它名字里的耀华力路那样繁荣起来，反而面临着亏损，而且一亏就是三年。

李琰想不明白，这么好吃的泰国菜为什么就是不受欢迎。他查了很多资料，问了很多人，终于明白了问题出在哪里。

“开餐厅，就觉得只要好吃，我拿过来做肯定没问题，但是真的没想到傣味和泰国菜会有冲突。”

云南有很多少数民族，傣族就是其中一个。李琰没想到，口味也是酸酸辣辣的云南傣族菜系，跟泰国菜很接近。最常见的一个例子就是咖喱菠萝饭，这是泰国菜中比较有代表性的一道主食，在傣菜中也有这道菜。不同的是，泰国的菠萝饭是泰国香米炒出来的，而傣味的菠萝饭是用糯米蒸出来的。

青木瓜沙拉也是泰国菜和傣菜都有的一道菜，泰国菜里多采用青木瓜，傣味却是用酸木瓜多一点。说起来是截然不同的两样菜品，但这些细微的差异在顾客品尝过程中却很难被注意到。

“所以当我们的泰国菜开了以后，消费者会觉得，同样是这样口味的菜系，为什么我们泰国菜价格就会高一点，傣味的这种菜就会很便宜。这个是真的没想到！”

在餐饮业，1%的错误就会带来100%的失败。然而谁也没想到，李琰竟能力挽狂澜。所谓对症下药，量体裁衣，顾客难以区分重叠部分怎么办？李琰首先想到了做减法。他开始着手修改菜谱，把部分类似傣味的菜品撤掉。从图片的选择、制作到每道菜编排到哪个位置，李琰全都亲力亲为。菜单前前后后调整了几十次，耀华力开创了迄今为止中国最完整的一套泰国菜单。

既然要做最纯正的泰国菜，就要全都做到原汁原味。为此，李琰不仅启用泰国主厨，还保证重要的原料全部从泰国进口。为了调出最正宗的调味料，从泰国空运过来的每一批辣椒李琰都要亲自试，试辣椒多的时候，李琰曾经嘴巴肿得几天不能吃饭。

“保证菜品是原汁原味的泰国菜以外，重点做的还是泰国文化。要让消费者清楚泰国文化和傣味文化是两回事，一旦文化上有了认知和区别，那么我想他一定会认可我们的泰国菜。”

李琰认为仟真和的核心竞争力有四点，分别是品牌文化、技术技能、创意能力和整合能力、团队建设，而四点中仟真和最有优势的就是品牌文化。

李琰说：“文化就像空气。文化的核心，我的理解，记忆是一个重要的元素。我们文化的发散，主要来自于对于这个业态，消费者记忆中的认识，他小时候或是长大之后所吃的东西，在他记忆之中是什么样的。这种文化可以给顾客一些回味，甚至可以有一些心灵上的认同和互动。”

为了让自己的餐厅有泰国的氛围，李琰开启了中泰两国穿梭模式，他每个月要去泰国四五次。大到装修材料，小到店里的桌子、器皿，他都从泰国运回或是定制。餐厅里挂的伞就是李琰亲自从清迈背回来的。在清迈手工艺村里，人家做好了，李琰就买了带回来。

餐厅的门口摆着一个展板，上面画着泰国的两个神，供客人拍照使用。展板上写着“耀华力泰国菜”几个字。

“每样东西都是会讲话的。”

金马碧鸡坊

李琰创下的产品线

耀华力店内装饰

醉云喃

三年的时间，点滴积累，李琰渐渐摸索出如何做文化，耀华力也在经历三年亏损之后守得云开见月明，开始扭亏为盈。2011 年，耀华力获得了泰国商务部国际贸易促进司颁发的泰国美食精认证，并成为云南泰国菜的第一品牌。

仟和骨头王和耀华力的成功犹如一剂强心针，为李琰的餐饮品牌注入了更为强大的生命力，也在李琰心中注入了一股力量。这力量推着李琰向前，而他对未来的构想远不止于此。李琰心中的火越烧越旺，他的目光落在了更遥远的将来。

“昆明这个城市人口还是比较少，如果靠单一品牌发展的话，生命力不会太久。餐饮这个行业更新换代快，与其他产业不一样，餐饮还是要有点花心。开发一些新的餐饮的业态，来迎合顾客的一种喜新厌旧的心态。先把市场给占住，占住以后再来发展。”

迅速扩张的秘密武器

李琰这一占，就占出了 10 个完全不同的品牌。而 10 个不同的品牌，就意味着要对应 10 种不同的业态。2008 年，就在创建耀华力的同一年，李琰创立了醉云喃。

“我本来是没有想做中餐的，因为说实话，我心里知道，中餐确实非常复杂。有一次出差去外地，当时就发现有一家云南菜，在当地做得真的非常好，排大队，当时我就想人家别的地方都把云南菜做得这么好，我们云南本地怎么没有呢。当时昆明要么就是路边小馆子，要么就是宴请，中间的这部分人就没有一个合适的地方。”

2008 年，恰逢云南省政府号召“振兴滇菜”，李琰借此机会创建了醉云喃滇味餐厅，主打云南精品菜。

李琰把他记忆里的云南的一些元素整理出来，融入这家餐厅。醉云喃是耀华力之后的第三个品牌，李琰也觉得有些力不从心，趁着这个机会组建了自己的团队。醉云喃的经营也遇到了很多困难，李琰处理问题的速度跟不上消费者的速度，所以一开始消费者对醉云喃初评、服务等方面都还不是很满意。

醉云喃从开业到走上正轨用了四年时间，在这四年里，李琰也认真地研究了云南菜。某种意义上，醉云喃是对云南菜的一种传承。

“我对餐饮业创新的理解就是整合、升级和优化。餐饮业有它的特性，它不像科技行业，可以颠覆，餐饮业其实没办法颠覆。美食的情绪里有一个很重要的因素在里面，就是记忆。人对美食的追求其实就是对小时候记忆的一种情怀的追求，我们在传承的基础上做一些整合、升级和优化，不断地满足现代人对记忆的追寻。”

2010 年，李琰又尝试开发大赤门国际美食自助餐厅。大赤门定价人均 200 元以上，当时昆明还没有这么贵的自助餐，一度不被看好的大赤门一经推出，生意就异常火爆，填补了昆明中高端自助餐市场的空白。

接二连三的成功没有冲昏李琰的头脑，在餐饮业闯荡的这几年，李琰越走越快。2012 年，重庆风味的嫡炉火锅和第一回·老街牛肉饭店诞生。当时为了做嫡炉火锅，李琰带着一个团队从成都吃到重庆，连吃了十天，每天三四顿火锅，尝人家的料，观察人家的餐厅设计。

2013 年，李琰又把云南小吃“三根葱”推向市场，主打快餐模式。

业态拓展多了，也难免遇到目标用户的选择问题，李琰觉得这是个简单又复杂的题。

“一个品牌在创建初期，创始人的喜好和品味，直接决定了你的客户目标是什么。因为你的投资人也好，创始人也好，会融入很多自己的东西在里面，做出来之后一定会吸引到和你有同样认知的人，他认为好才会来。我也没有刻意定哪个年龄段，消费在多少，我只是大概定下来我们针对大众消费，并且是大众消费的中上水平，我们不可能满足所有人。”

也是在 2013 年，李琰获得了云南青年创业省长奖。那一天，在众多闪光灯下，李琰走上奖台，从云南省长手中接过这份荣誉。努力多年，扛过无数压力，李琰终于证明了自己。

2016 年，随着时代不断发展，年轻人成为主要的消费群体。80 后、90 后，甚至 00 后慢慢加入了消费主力大军，物质的享受也渐渐不能满足他们，精神娱乐成为越来越多人的追求。几个朋友聚在一起，饭后常常还要转场去别的地方再玩一下。眼光独到的李琰看到了这个市场，将住宿、餐厅与酒吧结合，创立了驼峰客栈。留下客人二次消费，吃饭娱乐一站解决，驼峰很快就成了国内外游客和年轻人追随的品牌。

“整个餐饮市场的发展，其实也是一个时尚潮流的发展。每年都有一个新潮流，每三年都有一个小洗牌，每五年都有一个大洗牌。如果在餐饮市场发展的过程中你跟不上这个潮流，就会被市场和消费者抛弃。只有能够引领潮流，才能带着消费者走，这个也是做餐饮的老板最厉害的一点。李琰就是这样，他不是像很多老板一样在跟，其实在跟的时候可能已经跟到尾巴上了。”美食栏目的一名资深记者如是说。

李琰每每开辟一种新的业态，昆明餐饮市场就会如雨后春笋般出现一众模仿者。李琰一跃成为昆明餐饮行业流行的风向标。站得更高，望得更远，李琰面对的阻力也变得更大。

“10 个品牌，10 种业态，10 种不同的文化。每天要在这 10 种不同的业态、品牌文化里穿越，一会儿我可能是泰国人，一会儿是四川人，一会儿可能又是昆明人，一会儿又是消费者。这个就比较累，一定会有精神分裂的感觉。所以说，我会去打打球，或者是骑骑摩托车，这样来排解。”

李琰仟真和旗下的每一个品牌都有一本管理手册。翻开这本手册，可以看到一个表格，其中一行写着：“假花盆栽，两天擦一次，用干净的湿毛巾将花盆的边缘、表面、假花上面的灰尘擦干净。”

原来李琰的每本手册里，写的不是什么成功学的秘笈，而是日常店里的每一处细节。细到连盆栽怎么擦，什么时候擦，都写得非常清楚。拿到这样一本手册，新员工按照每一条要求执行就可以了，无形中省去了很多培训的成本和时间。

创造与开拓总是困难的，而复制与粘贴却很容易。李琰用这种方法让企业的发展事半功倍，而他的拳法也并非一成不变。每个月 30 号，李琰会组织品牌经理去其他企业学习，从其他企业学习到的好东西也会应用到自己企业的管理之中。就这样，李琰用营运手册和企业学习解决了管理的大问题，而他的目光始终没有离开细微之处。

有一次，李琰去万达的分店吃饭。当时他看见店长的白衬衫的衣领有点卷进去了，就很认真地对他说：“男人穿西装一定要穿出那个范儿来！”

这件小事，成为仟真和流传的一段佳话。店里的事，不管大小，甚至是店里经理的西服口袋巾款式和西服不搭配这种事，只要是李琰看到问题，他都会及时跟品牌经理沟通让他们调整。

多年来，李琰不断摸索管理多个不同品牌的方法，也逐渐形成了自己的套路。就这样，10 个品牌虽然各有不同，李琰却在其间游刃有余。

餐厅里的神秘客

有人说，李琰是个特别敏感的人。他对消费者的需求很敏感，对整个餐饮行业的变化很敏感。他总是能抓住市场的空白和机遇，能清晰地判断和分析身边的商业机会，但李琰却说这不是天生或是偶然的。机遇总是留给有准备的人，李琰能准确识别商业机会和他自己的准备也密不可分。

仟真和旗下的所有餐厅，都有一个被称作神秘顾客的活动，而李琰的这个想法来源于十年前。那时，李琰的店起步还没多久，他发现自己在餐厅与不在餐厅，餐厅完全是两个样。员工的工作态度常常取决于他们是否在李琰的视线范围之内。当时李琰就在想，有没有一个方法能够解决这个问题，有没有谁能成为他的眼睛，“神秘顾客”这个想法随之诞生。

被李琰选作神秘顾客的人接受这个身份后，会在手机里收到一个电子表格，表格里面一共有 30 多项考察的具体要求。问卷上也都是李琰根据多年从事餐饮行业的经验拟定的一些可以反映餐厅就餐环境、菜品、服务等方面的问题。神秘顾客好似一位考官，拿着这个表格去李琰的餐厅进行一个全程的测评，而李琰的店和店里的工作人员就是考生。

“第一次觉得做一个顾客还要看这么多的内容。一个顾客好像不是像平时来吃饭那么轻松的，好像是带着任务过来的，自然就会从跟餐饮有关的一些方面来看这些问题。”

神秘顾客因为拥有神秘的身份，总是会兴奋而认真地来考核李琰的餐厅。而店里的员工因为有神秘顾客上门，丝毫不敢怠慢。

仟真和旗下的10个品牌30多家直营店，每个月每个店都会有4个陌生人被选作神秘顾客。这相当于每个月就有120人要以神秘顾客身份来给李琰的餐厅挑毛病。神秘顾客每次的反馈表，由质检部门整理汇总后，定期在会议上向李琰反映。

用真实的数据反映真实的情况，仟真和的这种市场调查让李琰未见顾客，就听到他们的声音。像餐厅里划分吸烟区和无烟区这个想法，就是从神秘顾客的反馈中获得的。

听见顾客的声音，让李琰更加了解顾客的需求，日复一日，年复一年，打造更加完美的餐厅。

“做餐饮不难，不断重复去做，就会熟能生巧。做餐饮其实也很难，你在做的时候一定要坚持、专注、用心，只有这样才能把品牌做得更长、更好。每做一个品牌对我而言，就是在讲述这个品牌的味道和味道背后的故事，大家都吃懂了、认同了，我想这个品牌就成功了。”

从一家骨头王到10个品牌30多家直营店，李琰也从一个热爱打碟，放纵不羁爱自由的酷炫青年，成长为仍然喜欢骑机车，但也会每天傍晚六点准时接孩子放学的好爸爸。时间为李琰雕刻了成熟和稳重，却没能磨去他对餐饮的热爱。

从20世纪80年代中后期至今，云南餐饮行业先后经历了四代创业者，李琰是第二代，也是少有的至今还在这个行业里坚持的人。餐饮看似简单实则很难，随着时代的发展，各路资本不断涌入，餐饮业的波涛越发汹涌。很多创业者不堪这一波又一波海浪的拍打，选择离开，李琰却在这浪涛里越战越勇。很多人说，李琰有做餐饮的天赋。李琰却坦言自己的成功一点儿也不轻松，每一天，他都深陷危机感中难以自拔。

2017年开始，李琰把主要的精力放在加盟上。多年来，仟真和的商业模式走过三个阶段。第一阶段是立品牌，站稳市场；第二阶段是多品牌集群化发展策略，占领市场，互相补充和共享客源；如今，仟真和走到了第三个阶段，规模化航母效应，吸引资本，再加上互联网，延展餐饮以外与餐饮有关的市场，以及食品加工等等。

为此，李琰租下了一个食品工业园区的三四两层，建立自己的中央工厂，做餐饮业务板块成品半成品的加工生产和家庭调味料的生产。

“中央工厂是餐饮企业发展到一定规模必须要做的一件事，统一配送和做产品标准化的一个平台。在现有的那么多产品基础上，做一些提升和提炼。把有一些酱汁类的、调料类的，包装成产品走贸易流通市场，这也是我们第二个板块，就是食品工业这块。未来公司会有两个板块，一个就是餐饮，一个就是包装食品和调味品的板块。”

中央工厂不仅能满足公司餐饮品牌的需求，同时向食品工业发展迈进。同年，公司总部搬迁至昆明万达广场双塔南塔近700平方米的写字楼。

截至2019年8月，公司旗下已经拥有包含“仟和骨头王火锅”“耀华力泰国菜”“醉云喃滇味民俗餐厅”“大赤门国际自助美食”“第一回·老街牛肉饭店”“嫡炉火锅”“三根葱云南小吃”“肴美村”“补味”等9个餐饮品牌，另外，在2018年创建了民宿+餐厅+酒吧新型复合品牌的“驼峰客栈”，经营于核心商圈金马坊。至今，十大品牌开业单店面逾30家。

2020年是重大的考验年，也是转折年，它警示着每一家企业要重新审视自己面对风险的能力，提示着企业对变革的逻辑需要有充分而清醒的认知。餐饮业对中国每年贡献的巨大销售额在这场突如其来的新冠肺炎疫情无差别的打击之下岌岌可危，几乎没有哪一家可以独善其身。仟真和也经受着这样的考验。疫情开始时，仟真和为了响应国家号召，不让疫情蔓延及传播，关闭了所有门店来承担社会责任。

2020年2月3日，在疫情最高峰时，仟真和决定开一个供应不能出门的消费者及部分复工单位用餐的小店肴美村，一方面为社会做贡献，一方面让仟真和烟火不断，鼓励士气。

堂食不能开展就打包买走，员工上岗前进行健康检查，科学消毒防控，严格采购管理，加强操作场所管理，严格加工过程管理等。

卤菜、包子、火锅每天平均销售额都在1000元左右。便当、盒饭由每天20份、30份逐步增加到最高峰时每天400份、500份。每天采购、洗捡、炒熟、装盒都是大家轮番干活，已经不分岗位，不分时间，从早干到晚上，虽然辛苦程度不一般，但是大家心里高兴，特别是能为昆明医科大学第一附属医院和昆明市第三人民医院的医生们每天送盒饭而感到骄傲，为能在疫情期间为国家出一己之力感到欣慰。

如今，堂食正在逐渐恢复，餐饮企业也从沉寂中慢慢复苏，人们期望已久的暖阳扫走了连日的阴霾。对于仟真和来说，这次疫情所带来的考验，是企业必须面对的挑战。承担社会责任，是作为餐饮人的一份义务与担当。李琰用坚持、专注和用心，为每一位顾客讲述着不同味道背后的故事，在云南昆明这座城市里，他迎着风浪，继续追寻着更大的梦想。

马铁民：

现代农业“绿行者”

当你走进中国任何一家肯德基餐厅，咬下一口汉堡，你有60%的概率吃到了这位农民地里种植的生菜，他就是被称为“生菜大王”的马铁民。

他种的生菜占据了国际两大快餐巨头在中国60%的生菜供应份额；每年的产量居亚洲第一；年出口量也是亚洲第一。如今他华丽转身，建设智慧温室，发展智慧农业。他创建“绿行者”品牌，成为山东省知名品牌、山东省著名商标。他坚持以“从种子到餐桌的绿色”为理念，为消费者种出安全、美味、新鲜的农产品。他将数十个品种的农产品实现周年均衡供应，产品出口近20个国家和地区。而他的故事，还要从他和农业的结缘讲起。

“生菜大王”马铁民

自费进修，做现代农民

马铁民的父亲是西北农林科技大学研究员，一生致力于农业研究，但他没想到儿子在自己的影响下同样痴迷农业。以前读书的目的是为了跳出农门，所以，父母对马铁民选择种地的决定非常不解。

1996年，想在黄土地上干出一番事业的马铁民自费到西北农业科技大学植保专业进修，决心做一名知识型的新农民。1999年，学成归来的马铁民被新加坡落户在莱西市的青岛绿宇食品有限公司聘请为基地开发部主任。

这家公司的主营业务是高端蔬菜种植和出口，采取“公司+农户”的运营模式。在这个国际化的大公司里，马铁民勤勉上进，将国外的先进的理念、方法、品种、技术一并囊括。本想着在这里施展拳脚，做一名现代农民，实现自己的理想。可三年后，绿宇公司的蔬菜生产种植加工项目停产了。

项目停产的原因最重要的一条，就是因为公司合作的农户很难适应严苛的国际化标准的要求，种出的蔬菜多数都被判定为不合格产品，导致订单无法完成，资金很难回笼。这似乎也给当地农业带来一个魔咒：中国农民是很难种出符合国际要求的农产品来的。然而马铁民并不这么认为，他毅然选择辞职，决心打破魔咒，开始自己人生的第一次农业创业大冒险。

2002年，26岁的马铁民拿出自己全部积蓄，又卖掉房子，东拼西凑共筹集资金40万元，在莱西夏格庄承包了260亩土地，带领自己几个老同事，按照国际标准开始种菜，而且一下种了生菜、西兰花、白萝卜等7个品种的蔬菜。3个月后，马铁民的蔬菜种出来了，质量完全符合国际标准，不合格率极低。外资公司做不到的事，他做到了。

“但是，当蔬菜进入采收期，我再联系这两位客户的时候，却遇到很大麻烦。那年蔬菜普遍丰收，这两位客户由于货源充足不要了。当时眼看着上千吨的蔬菜马上就要采收，却还没有销路，我急得就像热锅上的蚂蚁。”

种好了菜，却断了销路，马铁民焦急万分，但他并没有乱了方寸，一方面他安排将蔬菜采收，运到蔬菜批发市场去销售，另一方面他继续联系以前接触过或没有接触过的所有客户。上帝在关闭一扇门的时候，一定会打开一扇窗。终于，马铁民联系上了曾经的同事，他们正在为上海肯德基公司采购结球生菜，经过实地查看和检验，上海肯德基采购了马铁民地里全部的结球生菜。最后其他 6 个蔬菜品种全部亏损，但依靠结球生菜这一个品种的盈利维持了全部的平衡。

扩张规模，选址失误折戟

这次合作虽然盈利微乎其微，但马铁民看到了肯德基对于生菜有着巨大的需求。一年 365 天，每时每刻，肯德基都需要生菜供应。可在中国，因为气候不同，不同季节收获生菜的地区不一样，因此肯德基的生菜采购员必须每个季节辗转于不同气候的地区采购生菜，非常麻烦。马铁民冒出来一个疯狂的想法，他想独自承担肯德基一年四季乃至每天的生菜供应。为此，他决定再冒险一次。

马铁民回忆说：“生菜是最难保证质量的品种，人家都不愿意种，我把它拿来当宝贝，因为我相信我能做好。”其实，在马铁民之前早有人尝试过种植生菜，但无论是育苗、定植、采收、物流的任何一个环节，生菜都太过娇嫩。“别人不愿意做”，“别人剩下的”反而成了马铁民成功的突破口。

2003 年，马铁民借款 100 万元，在内蒙古包地 250 亩，全部种植生菜。内蒙古夏季平均温度在 25 度左右，非常适合生菜的生长，也刚好可以弥补山东夏季高温时生菜的空白。

然而现实让 26 岁的马铁民再次陷入危局。2003 年 4 月，内蒙古发生旱情，生菜生长一天也不能缺水，“我原来选择这块地的时候，主要考虑到附近 2 公里的位置有一个水库，靠水库这么近，我心里想肯定有地下水。但是连续打了 3 口井没有水，我还是不放弃，要求继续打井。打到 9 口井的时候，我不得不放弃了。”马铁民回忆称，他花了 100 万元投入的生菜苗，因为没水浇灌，将有可能在几天内死光，他自己也将变得一无所有，甚至背上沉重的债务。

迫不得已，马铁民再次回到老家，借来 40 万元，雇人挑水浇苗，每天光人工费用就达 4000 元。当地电业部门的领导被这个小伙子一股执着的牛劲儿震撼了，在电业局工作人员的帮助下，通往水库的电线杆竖了起来，水泵得以运转，这才保住了 250 亩的菜，还获得了丰收，借的债务也偿还了。

在总结经验的时候，马铁民不得不承认，这次选址是一次失误，他不得不放弃内蒙古这片已经投资开发好的基地，另在河北省张家口市选择了气候条件相似、水资源更丰富的基地。

占领海内外市场，成为生菜大王

马铁民严格控制生菜的形状、重量、成熟度。为了做到丝毫不差，他甚至用上最为精确的游标卡尺。他也自诩是中国菜农中第一个用到游标卡尺的人。

依靠遍布全国5个省份12处面积达7000余亩、储备土地5000余亩的核心蔬菜基地，以及对每个基地、每棵生菜严苛的品控态度，马铁民带领的浩丰食品集团在2006年成为中国首家全年365天不间断供应、规模最大的结球生菜种植企业。2007年销售总量2万吨，销售收入1.2亿元，出口创汇200多万美元。

2008年，马铁民创立“绿行者”果蔬品牌。“绿行者”果蔬进入了盒马鲜生、每日优鲜、叮咚买菜、食行生鲜、本来生活等新零售渠道，服务了北京奥运会、上合峰会、肯德基、麦当劳、海底捞、航空食品、赛百味、汉堡王等世界知名客户，供应了COSTCO、利群、7-11等连锁零售客户，出口到日本、韩国、新加坡、马来西亚等20多个国家和地区，客户满意度100%。

就像球场上的运动员一样，优质的种子选手一定会遇到慧眼识珠的星探。2010年，日本某跨国企业突然找到马铁民，开口就是1300万元的订单，但对生菜的品质要求非常严格，同时提出再建立一条全年供应链以保证供应，这让马铁民很是犹豫。他的第一条全年供应链已经有了肯德基、必胜客这样稳定的客户了，再建一条供应链，如果出现订单中断或终止，将会面临更大的风险。

几经犹豫，马铁民还是接下了这个订单，因为他骨子里就有勇于冒险的基因。为此，他在浙江、湖北、陕西、甘肃等地建立了第二条全年供应链，并按照订单开始了标准化生菜的种植。但当这些生菜即将采收时，国内却出现了比较严重的食品安全舆情，日本企业以此为由，决定所有的原材料不再从中国进口，1300万元的订单合同被迫终止。

高额订单就这样没了，地里的生菜该卖向哪里呢？马铁民再次陷入困境，他当机立断，决定将所有生菜铲掉，抓紧时间耕种其他农作物及时止损。就在生菜已经铲掉200多亩的时候，突然有新加坡客商闻讯赶来，全额收购了他的生菜，避免了损失。

“从种子到餐桌的绿色”是很多人对健康的追求，也是马铁民从创业初期就秉承的理念。正是凭借严格的品控和365天稳定高质量供应，浩丰集团赢得了两大国际快餐巨头在中国60%结球生菜的市场份额，成为美国百胜餐饮、韩国新世界等数家世界五百强企业密切的商业合作伙伴。2012年，浩丰集团仅生菜年销售额就突破了4.8亿元。

马铁民不仅成了“生菜大王”，他所带领的浩丰集团也始终以“致力于构建消费者对农产品的信任，以科技及创新改变中国三农”为使命，以“成为服务全球可信赖的农业和食品企业”为愿景，以“用标准做农业，用绿色做食品，用专业铸品牌，用共享兴事业”为价值观，以“从种子到餐桌的绿色”为理念，致力于生产安全、美味、新鲜的农产品，通过标准化、组织化、设施化、信息化，发展现代农业。

引进前沿技术，转型智慧农业

在创业和生产过程中，马铁民始终相信科技的力量，将新鲜出炉的科技成果，在田间地头最有效地无缝转化。为了掌握最新、最前沿的国际农业信息，他先后多次赴美国、荷兰、德国、日本等国进行学习，并将学习到的先进管理经验和设施设备引进到自己的农业生产。

2012年，马铁民在山东即墨投资兴建了10000平方米的智能

育苗

压延玻璃智慧温室

“绿行者”番茄全自动包装生产线

马云亲自为马铁民戴上了湖畔大学的校徽

温室项目，用于育苗和新品种温室种植，项目引进荷兰、韩国关键配件和技术，采用地源热泵节能系统，实现了智能温控。

2015 年，马铁民与中国建材集团开始进行智慧玻璃温室的投资合作。2017 年 11 月 14 日，中国建材凯盛科技集团与青岛浩丰食品，合资成立了混合所有制企业——凯盛浩丰（德州）智慧农业有限公司，进行智慧玻璃温室的运营和管理。2017 年，建设完成了第一个全国单体面积最大的压延玻璃智慧温室，并于 10 月投产运营。

项目引进国际前沿的玻璃智慧温室生产设施和荷兰瓦赫宁根大学的种植技术，集互联网、云计算、大数据和物联网技术等前沿技术于一体，是科技兴农的一颗结晶。项目还建设了农业大数据中心和培训中心，通过技术培训，把农民培育成了技术型产业工人。

智慧温室出产的“绿行者”番茄在 2018 年年初全面上市，近半年销售额就突破了 8000 万元。

相较传统温室种植的番茄，智慧温室产出的番茄每平方米产量可达 75 公斤，是传统温室的 3 ～ 4 倍。而且，由于智慧温室采用熊蜂授粉、生物防治等环境友好型的绿色生产工艺，可以有效避免化学授粉带来的激素污染问题，利用捕食性昆虫进行虫害防治，无须喷洒农药，真正做到即摘即食，绿色无污染。

项目利用中国建材集团在高端玻璃产业上的优势、工程管理的优势、国际合作的优势以及人才、资金等方面的综合优势，结合浩丰集团在现代农业领域近 20 年数据管理、智慧云端、市场、大数据等方面的专业优势，凸显了产业智慧化、智慧产业化、品牌高端化和跨界融合化的“四化”理念，对产业种植、产业加工及产业服务的“三产三链”进行了融合重构，是贯彻党的十九大精神，实施乡村振兴战略，推动农业转型升级的具体体现。

2018年年初，山东省省委书记刘家义、省长龚正先后到智慧温室进行了调研指导工作，并给予充分肯定。2018年2月27日，在全省推进农业“新六产”发展现场会上，马铁民作为智慧农业典型进行了发言，“智慧农业”项目被列入山东新旧动能转换综合试验区项目库。2019年2月17日，国务院副总理胡春华到现场考察，对项目创新合作模式及项目为乡村振兴的示范带头作用，给予了充分肯定。

截至2020年3月，马铁民已建成山东临邑、四川眉山、山东陵城6个单体面积105亩的智慧玻璃温室，已运营2年；江西进贤、安徽桐城、四川资中、山东青岛、河南濮阳、黑龙江佳木斯、甘肃定西、山东济南、山东滕州、宁夏闵宁镇等地20多个项目已经开工建设。未来，马铁民将带领公司联合中国建材集团，以山东为中心和起点，5年内在全国建设100个智慧温室，成为全球最大的玻璃智慧温室运营商；10年内在全球范围内建立1000个智慧温室，辐射“一带一路”国家，成为世界500强企业。

数字农业大脑

2017年，在湖畔大学第三届学员的开学典礼上，马云亲自为马铁民戴上了湖畔大学的校徽，这一瞬间被相机拍摄下来。

湖畔大学第三期云集了IT、制造业、文化传媒等各行业绝对的领军人物，但在农业领域的学员并不多，马铁民便是其中之一。湖畔大学的面试有5分钟，由于当时太紧张，如今的马铁民甚至已经忘记了当时对面试官说了些什么，但其中一个问题他印象深刻："你想要什么？"马铁民冷静地说："想了解互联网。"

在湖畔大学学习期间，马铁民精读了两本书，一本是维克托·迈尔·舍恩伯格的《大数据时代》，另一本是涂子沛的《数据之巅》。在读完《数据之巅》后，马铁民买了100本，见了朋友就送。在他的认知里，"互联网是全中国最牛的人在一块儿厮杀，群雄逐鹿；农业虽然没有很多人盯着要去干，但是如果我们服务不好，赚不了钱，就会死掉"。

2018年6月7日，马铁民应邀参加了阿里云栖大会上海峰会，在这次大会上，智慧农业被作为最重要的主题。马铁民在ET农业大脑分论坛上做了主题演讲。此次会议也成功促成了阿里云+政府+企业首次三方签约，而这家"幸运"的企业，便是马铁民带领的青岛浩丰食品集团有限公司。

在马铁民看来，通过互联网、云计算和大数据来种菜，绝不是炒概念。通过数字技术+农业技术+操作流程，赋能上游，服务下游，完全可以让普通农民拥有专家能力，让手机成为新农具，让直播成为新农活，让数据成为新农资，进而从生产、供应、销售、金融等多个环节全面助推农业现代化步入新的高度。

带动10万人致富

一直以来，马铁民都想成为一个合格的现代新农民，并帮助其他农民。为发挥公司的产业带动作用，马铁民利用自己企业的品牌优势、技术优势、客户优势，大力推广"公司+基地+小农场+农户"生产模式，带动一批农民走上了增收致富路。

马铁民带领浩丰结合当前形势，创新了精准扶贫的工作方式。将农村土地连片整合，灵活运用土地流转政策，让当地农民抱团发展，反哺当地农民兄弟。农民因为这种模式，可以得到三份收益。农民以土地形式入股，可以从中获得土地流转的“租金”；同时在基地务工的农民还可以得到丰厚的务工“薪金”；农民入股后，每年会获得保底10%的“股金”分红。

贫困户变身股东，这种扶贫新模式，促使精准扶贫由“输血模式”变为“造血模式”，确保贫困户如期脱贫。如今，马铁民已带动山东、河北、福建、上海、陕西等种植基地周围的10000多农户，由传统种植方式向标准化、精细化的现代农业生产进军，实现户均年增收3000多元。

得益于马铁民先进的管理理念，浩丰现代农业也培养了一大批农业技术产业工人。青岛平度市的刘庆兰今年54岁，他50岁进入浩丰即墨基地工作，种了半辈子地的老刘，从来没见过这样的耕作方式，在四年的工作中，他学会了驾驶大型农机，操作先进的农业技术工具，遵守科学的农业标准化操作流程。“挣钱是一方面，掌握技术，学会技能，这是多少钱也买不来的财富。”

目前有60名创业小老板、10000多户、100000多人跟随着马铁民一起从事标准化农业生产。2012年至今，青岛浩丰多次被授予“青岛市富民兴农标杆企业”称号。

马铁民已累计捐款捐物数百万元。2020年，为支援战“疫”一线，公司已累计捐款60余万元。同时为了满足老百姓日常生活蔬菜产品的需要，马铁民组织了山东青岛、山东德州、上海金山、福建漳州、四川眉山等地1000余名员工，春节期间不休息，加班加点，在确保员工人身安全的条件下，加紧采收加工新鲜蔬菜，保障供应。在原料、包装物料、人工、物流等综合成本增长的情况下，保证质量，不涨价。

纵观马铁民的创业进程，成功背后，是他对商品的极致打磨。目前浩丰食品集团出产的蔬菜及水果已经有 40 多个品种：生菜、番茄、娃娃菜、马铃薯、甘蓝、西兰花、白花菜、洋葱、胡萝卜、白菜、苹果、梨等，数十个品种实现周年均衡供应。产品出口到加拿大、日本、韩国、新加坡、马来西亚、迪拜、阿联酋、埃及等近 20 个国家和地区，并建立了稳定的客户群。

今日的马铁民已是年销售数十亿的农业巨子，但平日里的马铁民却极度低调和朴实。他说："我叫马铁民，一匹马的马，钢铁的铁，农民的民，这是冥冥中注定我一辈子要当农民，我与农业有缘！"

想念：
不如见面

一碗暖胃的面，装得进思念，也载得下乡愁。“想念不如见面”，一句暖心的话，也蕴含了企业发展的内核。从一个和面工人变成企业的领头人，孙君庚将这句“想念”深深揉进了面里。

想念公司创始人 孙君庚

从初出茅庐到第一桶金

1993年，孙君庚从河南科技学院毕业，离开了校园象牙塔，来到南阳市粮食局下属的面条厂，当上一名和面工人。春去秋来，两年的时间，在不断努力下，孙君庚成为面条厂的厂长，但生活却没有因此得到改善。每个月仅有的180元薪水没有让他和妻子住上梦想中的一室一厅，反倒是两年搬了11次家，不断寻找着租金更便宜的房子。

1996年，为了实现给家人幸福生活的目标，也为了自己能得到更好的发展，孙君庚经过一段时间的考虑，决定停薪留职出去闯荡一番。现实和梦想是存在差距的，胆识能给人带来前进的勇气，但该吃的苦头却无法躲闪。在郑州闯荡一年，孙君庚一无所获，他不得已重新回到面条厂，而这次归来意味着他要从零开始。未来，似乎一眼就能够看到尽头，但孙君庚不是轻易向困难低头的人，他不会放过任何一个可以改变命运的机会。

1998年，孙君庚所在的面条厂由于经营不善濒临倒闭，开始招募接任者。接到消息后，大部分工人都在哀叹时运不济，准备另谋出路，而孙君庚则参加竞聘，重新成了面条厂的厂长。

从1995年到1998年，两次成为厂长，对外人来说，这看上去更像是一次戏剧般的轮回，而对于孙君庚来说，这是一次他必须牢牢把握住的机会。

20世纪90年代，改革开放的大潮为各省市带来了高速发展。尤其是在90年代末，放眼望去，每天都是新的样子。即将跨入21世纪的兴奋和期待，如同一股绳子般拉着所有人向前走，跟不上就会掉队。面条厂在时代的洪流中迷茫地挣扎着。

从 1998 年到 2000 年，两年的时间，三个数字深深刺痛了孙君庚的心：面条厂的工人由 46 人变为 12 人，孙君庚欠下了 17 万的外债，这个厂长还不如其他企业的一个小组长风光。

“员工的工资到月底的时候，都发不下来。最难的时候，马上都要断水电，相关部门通知说，你再不交水电费，立即都给你断。”

孙君庚的这些话，对一个面条厂来说那么沉重，而对于当时的时代来说，却微小得如同一声叹息。21 世纪刚刚开始，孙君庚的面条厂与同行业相比已经落在了后面，资金难求，市场难拓，产品难销。在这样的绝境下，孙君庚诞生了一个想法。

迈入新的世纪，整个社会都呈现出了新的样貌，每个人脸上都挂着喜悦的笑容，走街串巷送礼品送祝福。千禧年，送礼品……诸多关键词凑在一起，让孙君庚意识到，方便面可以送礼品，那面条厂生产的挂面，是不是也可以披上精美的包装，和其他礼品“平起平坐”呢？

2000 年春节，南阳的市面上就出现了第一份用礼盒包装的精美挂面，名字也很好听，千禧面。孙君庚的千禧面定价 16 元，在春节期间卖出了 4 万份，总盈利额达到了 30 万，这在当时是一笔不小的数字，这 30 万也成了孙君庚创业路上的第一桶金。

“产品一定要创新，走差异化路线。”

创新、差异化，短短五个字从孙君庚的嘴里说出来，听起来却比那 30 万更加重要。2000 年刚刚开始，孙君庚的面条厂没有在时代的洪流中倒下，日子也有了新的气象。2000 年过了一半，稳步前进的日子却在不经意间经历了一场风浪。都说人生有起有落，但是孙君庚却没有想到，这“落”字来得这么突然。

2000 年 7 月 2 日，一场特大暴雨席卷了南阳城，一下就是好几天。经销商的面条几乎全部淹没在冰冷的雨水当中，货卖不出去，货款却已经交了，这整个交易过程的所有损失，只能由经销商自己来承担。

这种自然灾害，就连天气预报都可能算不准，经销商也同样预料不到。在这样的情况下，恐怕不少经销商都没有想到，孙君庚为他们和面条厂的员工产生了强烈的争执，而争执的重点就是孙君庚要为受灾经销商换货。员工不支持孙君庚的换货主张，因为这样做就意味着靠千禧面赚来的 30 万全都要搭进去。

“做生意一定要先做人。”

孙君庚的这条原则，让他力排众议，靠着一股倔劲儿，硬是为南阳地区经销商的面条全部换了货，到手的钱又从手中溜走，孙君庚因此赔了 30 万，一切又回到了原点，新世纪的洪流依旧在前行，孙君庚的面条厂却在风雨中飘摇。

对于众多经销商来说，孙君庚的承诺就像暴雨过后透过来的第一缕阳光，扫清了他们心里的烦闷和焦灼。通过这件事，他们对孙君庚倍加信赖。在这份信任的推动下，南阳地区的其他经销商也更愿意从孙君庚的面条厂进货，孙君庚的挂面迅速在南阳成为覆盖率和销量第一的品牌。

赞扬声后的终点线

对于孙君庚来说，他正是靠着这份远见，在困境当中看到了未来。若是要在远见之外，找到另外一个成功因素，那就是执着，或者说是固执。

而要说起这种性格的源头，或许我们要将时间倒退几年，从他的情感生活说起。爱情、女神、大学生活……这些词汇聚在一起，难免会让人想起电视剧里一些关乎青春，关乎爱情的故事，而孙君庚的这种执着倔强，或许可以从这些故事里找到答案。

在河南科技学院读大学时，随着改革开放进一步深入，属于那时年轻人的青涩与纯真，梦想和包容，活跃与敏感，随着那个时代席卷而来；在校园中，一旦情感的种子在心中萌芽，爱情便成为青春最美的追求，孙君庚当时追求的对象正是同系的系花熊旭红，而当时的他，只是一个农村出身的普通大学生。

“窈窕淑女，君子好逑。”那个年代的系花和如今的女神一样，周围不乏有众多的追求者，而孙君庚靠着勇敢和自己独特的人格魅力，从这座爱情的独木桥中走了过来，在众多的追求者中胜出，成功地追求到了熊旭红。

现在想来，在这份对爱情的坚持当中，或许就能看到一些孙君庚未来创业时的样子。爱情离不开浪漫，但也离不开面包。对于孙君庚来说，追到了心中的女神，自己不能辜负熊旭红，要让熊旭红过上幸福的生活，这个念头也成了孙君庚创业的最大动力。而妻子始终在背后默默支持着他。那时，熊旭红的双胞胎妹妹本想来南阳度假，结果看到了他们居住的地方很寒酸，为姐姐感到委屈。熊旭红为孙君庚说好话，结果姐妹俩因此吵了一架，第二天妻妹就返回了。妻子怕孙君庚伤心自责，一直没对他讲。

如果说畅想幸福太过抽象，那么带着妻子住上一室一厅有个安稳的归宿，便是孙君庚为之努力的目标。也正是在这种念头的推动下，2006 年，孙君庚的面条厂成为南阳市同行业第一，占据了南阳 70% 的市场份额。经历了这么多年的辛苦打拼，孙君庚也想好好地体验一把成功人士的感觉，约上三五好友，一杯酒下肚，所有的愁苦都化作过眼云烟，这样的日子，安逸而又自在。

“觉得自己很年轻就赚了点钱，在同学面前都是一片赞扬之声，自己都有点飘飘然，整天沉迷于喝酒，喝得晕乎乎的，打牌打得天昏地暗。”

孙君庚说的这种情况，在21世纪初并不少见，赶着时代浪潮，收获成功的人不在少数，只是不同的人对成功的定义也不同。对于很多人来说，能够安安稳稳地过上不缺钱的日子，就已经算是一种成功。有时候，远大的抱负会被一杯酒浇灭，豪情壮志也会被安逸的生活消磨殆尽。对于孙君庚来说，周围人的赞扬声就和终点线一样，意味着自己可以停下来，好好地过上舒服的日子了。

这样的生活，一过就是几个月。就在孙君庚慢慢开始自我反思的时候，不少有志青年掀起了一股“创新创业”的热潮，很多人纷纷投身商海，造就了新一轮的时代变革。2006年3月29日，《赢在中国》大型励志创业电视活动在央视拉开帷幕。随着活动的进行，越来越多的创业者和企业家在《赢在中国》中显露峥嵘，在“创新创业”的浪潮当中激流勇进，走在了时代的最前面。也正是这样一档创业型电视节目，改变了孙君庚。

2007年，孙君庚报名参加了第二届《赢在中国》。在这个活动中，孙君庚拥有和全国优秀创业者交流的机会，也正是在这种积极交流的氛围中，孙君庚意识到，创业的路上，根本就没有什么终点，如果跳出自己的舒适区，就会发现自己之前的格局和视野如此狭小。

“深深地刺痛了自己，那个时候开始为曾经荒废的时光感到后悔。我一定要让中国面条和意大利面条齐名，这是我当时在《赢在中国》的原话。”

“君子豹变，其文蔚也。”让中国面条和意大利面条齐名，孙君庚在《赢在中国》的这句话成为他创业的又一动力，央视之行彻底改变了孙君庚的心态，在日后的创业路上，他锐意进取，不断破局，将目光放到了南阳之外。

踏足千年帝都，一个月占领市场

早在创业之初，孙君庚将品牌命名为“想念”，除了用大学四年的时间，追到心中的女神熊旭红，尝尽相思之苦外，还有一个原因，中国传统习俗中，有“上车饺子，下车面”的讲法，意思就是指送行的时候给被送行的人吃饺子，接风时给被接的人吃面条。既表达了对离家在外亲人的想念、牵挂之情，也有庆贺胜利凯旋、回归，从此不再分离之意。孙君庚一直坚信只有打动人的情感，才具备强大的传播力，想念挂面也就有了情感的味道。

成为南阳第一，只是创业路上的第一步罢了。孙君庚选择洛阳作为打开外地市场的第一步。不得不说，这是一个艰难的挑战。洛阳由于地理位置和历史文化等诸多原因，是众多商家的必争之地，在这样一个“争斗激烈”的地方想要闯出一番天地，其中的难度可想而知。而孙君庚正是在这样的艰难之下，完成了“定鼎伟业”。

都说商场如战场，想要尽快抢占洛阳市场，自然要将手中的武器磨快磨亮。对于孙君庚来说，他的武器就是挂面，但作为一个初来洛阳的挂面品牌，孙君庚手上的武器显得有些黯淡。

“我们的产品知名度不是那么高，不是一线品牌，价格又高；在没有知名度的情况下，价格也没有优势，副食店和粮油店都不愿意卸货。”

如果说产品质量是生死线，那么产品的知名度、价格就是开拓市场的冲锋号，如今这冲锋号都吹不响，更别提打开外地市场了。孙君庚比别人更加幸运的地方就在于，他清楚地知道自己的问题在哪里。

厘清脉络之后，孙君庚并没有急于开展行动，而是着手调查洛阳的面条市场。洛阳的市场上虽然存在着不少面条品牌，但是品种单一，同质化严重。在这种情况下，孙君庚发现了一个打开洛阳市场的机会，而这其中的关键就在于，生产区别于当地面条品牌的产品，改变面条的品种。

找到了正确的道路，孙君庚没有犹豫。术业有专攻，他找到了一位名叫李光磊的老同学，此人对食品加工有很深的研究。

“他就找我说这个事，问我能不能加入，我当时博士刚毕业，事情也多，另外对我来讲，做挂面的技术太简单了。在我印象里，挂面不就是纸一包就卖了嘛！”在李光磊看来，面条行业千百年来并没有出现什么根本性的改变，甚至在今后时代发展中也不会有什么太大的发展变化。有这么一个专家在，孙君庚自然不想轻易放弃，他用了三个数字，彻底改变了李光磊对面条行业的认识。

10、5、2000亿。

和其他行业相比，面条行业缺少一个真正的“巨头”。前10家面条企业所占据的市场份额加起来不足5%，而整个面条行业的市场总额多达2000亿。这样一个庞大的市场，让李光磊看到了一个足以改变行业的机会。于是，李光磊成了孙君庚的技术顾问。

很快，李光磊利用专业知识，为孙君庚研发出一套在不添加食品添加剂的情况下，既保证面条的天然健康，又增加面条筋道值的方法。这种方法彻底改变了想念面条的品质和外观。金黄色、温润、有嚼劲……

技术的保障让孙君庚瞬间点燃了激情，接下来孙君庚抓住机会，在配方、口味等方面不断地进行改进，陆续生产了麦胚面、杂粮面、调料包系列面等 9 大系列，400 多个品种。就这样，孙君庚的产品在诸多面条品牌中脱颖而出，很快就被洛阳的各大经销商接受。

有了好产品，如何迅速提升知名度又成了一个问题。而所谓的知名度，便是让更多的人知道你的产品，针对这个问题，孙君庚选择用促销活动进行地毯式推广。正是这样一个看似亏本赚吆喝的买卖方式，吸引了一个特殊的群体。

“扫街行动扫出一个老阿姨，她就是管五个人吃饭。在一个家庭，老阿姨让他吃什么，他就吃什么，所以说老阿姨认为这个想念面好吃，最起码是五个人吃我们的想念面。这个行动扫出来一大批老阿姨，后来就形成了去超市买想念面的顾客，老阿姨占 60%。”

地毯式推广，促使孙君庚的面条在 30 天的时间内便覆盖了洛阳主城区的市场。也正是这 30 天，让洛阳的消费者对孙君庚的挂面有了初步的印象。

打通了渠道，消费者便源源不断地涌进来。短短 30 天，孙君庚的面条不仅销量陡增了 3 倍，占据了洛阳市场很大的份额，更是迈出了“走出去”的第一步。这一步，让孙君庚再一次坚定了心中的想法，要让自己的面条走出南阳，走出河南，甚至走出中国。

遭遇信任危机，走弯路拯救“想念”

然而，危机却悄然而至。

“有一个客户打电话，说面条生虫了。他明确表示不再继续合作，让我们把货拉回去，他见都不见我们。”

为了尽快打开市场，孙君庚向所有的经销商做出承诺：零风险经营，无条件退换货。有了这样的承诺，外地的客户自然更加信任孙君庚。这种近乎绝对的承诺对于客户是零风险，但对于孙君庚来说却意味着高风险。

当时正在陕西跑市场的孙君庚接到这个电话时，心里咯噔一下，面条生虫意味着客户的货卖不掉，而且也意味着出现了信任危机。这就像是阴影一般，迅速笼罩了众多外地的市场，不断有经销商打电话过来要求退货。为此，孙君庚损失了上百万，相当于他当时一年的利润。

“宝鸡，咸阳，渭南，我们的货铺进去了，结果我们的质量又出问题了，我们送去一大车，又回来一大车。”

失去客户的孙君庚立刻意识到了事情的严重性。经过一系列的调查和反馈，他终于发现了问题出在哪里。因为地域不同，所以南阳与外地的气候也不一样，面条中水分的含量有所偏差。这就造成了在南阳生产的面条到了外地之后“水土不服”的现象。

孙君庚和厂里的员工讨论如何解决这个问题。厂里的员工提议使用添加剂，这是最容易也最节省成本的方法，在整个食品行业，添加剂都是不可或缺的。而这时，孙君庚的倔强再次让他做了一次“独裁”，使用添加剂的方案遭到孙君庚的坚决反对。

他要求生虫问题只能用技术方法解决，同时也意味着产品改良将会消耗更高的成本，这个过程既漫长又痛苦。员工不知道什么时候才能探索出结果，这种痛苦整整持续了一年。

“让消费者吃到最纯正的、具有天然麦香味的产品是我做这个事业的唯一信念。”

一年后，面条的质量终于稳定，孙君庚也再一次拾起了走出去的信心。靠着天然无添加的产品，想念挂面快速打开了外地市场，并乘胜追击，在外地建立了自己的销售网络。到了2014年，想念挂面已经畅销26个省市。也基于此，孙君庚定下了想念的企业愿景：做中国健康主食产业领跑者，打造从农田到餐桌全产业链。危机暂时解除，随着企业规模的不断扩大，也难免会出现一些让孙君庚头疼的问题。

“因为早期的时候，我一直想着怎么样把事情做好。每天脑子里都装着事，希望把每件事做到极致。随着企业的发展，员工人数不断增加，企业规模不断扩大，感觉到自己成了企业最大的天花板，因为每天有大量事情等着表态处理，根本忙不过来。从早到晚忙得焦头烂额，心力交瘁，我感觉如果这样发展下去，不是企业倒了，就是我倒了。”

自己不能倒，企业更不能倒，为了解决这种情况，孙君庚破天荒地想出了一个“花钱买智慧”的方法。

“之前因为我表态太多了，大家依赖性比较强。什么事情都是我决策，他们独立思考的能力和成长就受到了影响。后来先从我开始改变，我规定主管以上人员一个月汇报工作只能两次，第三次上交100元，第四次200元……开始强制性规定，让他们自己去决策，去完成。”

也正是这样的规定，让公司员工形成独立思考的能力，并在工作实践中飞速成长，也真正让孙君庚从一件件繁琐的事中解放出来，他有更多的时间、更高的格局去制定企业战略，探究公司未来的发展方向，完成了从公司“管家”到“领路人”的身份转型。用他后来的话说就是“想念人成长的唯一路径就是主动去承担责任”。

随着企业规模不断扩大，“事”会越来越多，“人”也越来越多，如何让这么多“人”高效运转起来完成企业共同的目标，是发展中的企业面临的核心问题。而孙君庚就给出了一个很好的答案，那就是文化驱动。

企业经营过程中所有的“事”都是由“人”来完成的，用文化的力量统一思想和价值观、统一理念和目标，从而形成“一个信仰、一个方向、一个声音、一个标准”的文化管理，依此来统一行动，让团队整体保持一致性，发挥企业的规模优势。

“领着大家干，领着大家学，领着大家玩”。他也强调作为领导者不能一味低头拉车，也要抬头看路，为员工看好路，指明方向，并解决他们的问题，帮助员工实现自己的梦想和人生价值。

借助网络，实现弯道超车

诸多传统企业都在思考一个问题，那就是如何将自家的产品和互联网进行融合向电商领域进军，食品行业也是如此。

对于同在食品行业的孙君庚来说，他对于在网上销售食品存在偏见，因为整个消费过程有诸多不确定因素：前端的店铺运营，后端的生产供应和物流发货都在一个陌生的商业模式中运营，商家在其中承担的风险。在他看来，这是不安全的行为。

随着中国互联网的迅猛发展，网民的日渐增多，网购群体的不断崛起，这种偏见也有所改变，也让孙君庚从中发现了一次弯道超车的机会。

“我们在线下已经落后了，其他的同行都比我们影响力大，我们一直在寻求一个机会，能实现弯道超车，我认为电商就是一个

想念挂面车间

想念面条制作

想念面条产品

疫情下的担当

千载难逢的机会。”

2014 年 4 月 25 日，孙君庚决定组建电商团队。想要涉足互联网，接下来就要选择一个合适的电商带头人。在没有任何电商经验的情况下，孙君庚选择在客服岗位的张艳楠做电商带头人，组建电商团队。

“我选干部培养人的基本标准首先是人品，符合想念文化；第二，有上进心，要求进步；第三，学习能力强。这三个标准她都具备。”

确定了目标，选定了带头人，对于这个陌生的领域，孙君庚的电商团队依旧是知之甚少。想要把电商团队拉起来，加强队伍实力，成为线上行业龙头，第一步就是学习。为此，孙君庚派张艳楠等三人到深圳的一家电商企业学习。孙君庚鼓励张艳楠要大胆尝试，不要放过任何可以学习的机会。

“因为刚开始做，店铺流量少，网站也不会认可。我们就想办法进行宣传引流，先把店铺的活跃度提高上来，通过一些营销方式，提高店铺人气、粉丝、销量。”

张艳楠的努力有了收获，逐渐提升的销量让她产生了参加双十一的想法。孙君庚全力配合，提供人、财、物的全面支持。2015 年双十一的前 10 天，孙君庚就开始专门为双十一生产商品。果然不负众望，张艳楠带领电商团队在双十一当天取得了优异成绩，为想念集团带来了巨大收获。

“因为毕竟是一个新鲜事物，媒体和消费者会进行关注。他们关注的不是成绩，而是想念的品牌。他们会关注到底是什么样的企业能把挂面通过电商卖出去。”

电商销售的成功让孙君庚的面条在整个行业引起了轰动，吸引了越来越多的消费者和媒体的关注。

“互联网不仅是销售窗口，也是品牌传播的窗口，我们前期产品做得好，但找不到传播的路径，所以当借助互联网的时候，我们用极小的投入换来了梦寐以求的效果。”

在意识到互联网的威力后，孙君庚信心大增，鼓励电商团队勇敢尝试，争取更进一步。在这之前的17年，孙君庚如履薄冰，一步步走到现在，终于突破了3个亿的销售额。而2015年12月，电商团队的一个新成员——范超奇想到了一个营销点子，让孙君庚只用一年时间，销售额就增长了3个亿。那就是将想念挂面的广告做到纽约时代广场。

“消费者喜欢凑热闹，这样就容易产生围观效应。当我们达到这种围观效应时，把人聚过来了，我们肯定要给这些人传递更有价值的东西，更多的是一种文化价值和正能量的传递。”

纽约时代广场，是世界的十字路口，对于当时的孙君庚来说，他还没有开发海外市场的计划，却直接在海外打广告，这件事情看上去对国内市场没有起到什么宣传作用。但在见识了互联网威力后的孙君庚却想明白了一个道理，对于企业来说，通过互联网的传播可以极大提升产品的知名度和企业影响力。在时代广场打广告，很容易就能够借助时代广场强大的影响力在互联网上造势传播。

“它的影响力非常大，如果能做这样一次推广，可能‘想念’一下子就成了一个国际大牌，具有国际形象。”

2016年1月4日，一则呼吁海外游子回家过年的广告登陆美国纽约时代广场。作为首家登上时代广场的中国挂面企业，众多媒体开始自发进行报道，“想念不如见面”这句广告语也占据了微博热门话题排行榜。

2016 年，孙君庚的挂面销售额达到了 5.98 亿，比 2015 年增长近 3 亿。一年的时间，孙君庚借助互联网的力量，完成了之前 17 年才达到的目标。这样的成绩，成功帮助孙君庚在 2000 多家挂面企业中跻身全国挂面加工企业十强。

成绩斐然，但品牌宣传并没有停止。2017 年 10 月 28 日，重阳节当天，孙君庚举办了孝文化节，在当天做出了一根长达 3084.32 米的面条，打破世界最长面条的吉尼斯世界纪录，这一事件又在互联网上掀起了热烈的讨论。

2017 年 11 月，孙君庚在镇平县的 700 多亩想念产业园开工建设。2017 年 12 月，9700 多平方米的新疆霍尔果斯想念远航食品有限公司建成。这意味着孙君庚开始面临更大的使命和社会责任，也是想念事业发展腾飞的新开端。

品牌突围，产能提升，企业驶入快车道

伴随着挂面行业整合加快，行业竞争加剧，孙君庚带领团队，通过一连串品牌动作和产品创新，实现品牌与产能提高协同驱动，拉动增长，带领企业驶入发展的快车道。

2018 年 2 月“想念号”高铁正式运行，京广线、沪昆线“想念号”列车载满了想念语录。“每一张车票都因想念而生成”“每一场相逢都因想念而感动”，这些走心的想念语录在春节期间迅速走红网络，“想念号”列车被广大网友评为“最暖心的列车”。

2018 年 4 月在郑州惠济万达广场开办的“想念面馆”，成为世界上第一家“面条快闪店”。2018 年 8 月“想念天下面条宴”为慕名而来的数千名食客展示了 365 种极具特色的中华传统美食，打造了独具创意的“面条快闪街”。

2018年8月“想念诗词专列”在北京地铁2号线、10号线正式运行。古诗词承载的文化内涵很好地传达了想念的品牌诉求，打动了无数的北漂一族，唤起了他们对家乡亲人的想念之情。

伴随着品牌影响力的提升，2018年9月“想念”品牌从3500个快消品品牌中脱颖而出，一举荣获阿里巴巴零售通“最佳新锐品牌奖”。在品牌知名度逐渐提高的同时，2018年5月新疆霍尔果斯想念远航食品有限公司正式投产。2018年8月镇平县想念食品产业园一期正式投产。伴随着产能提升，想念的发展也迎来了更大的机遇。

每年的双十一是消费者的狂欢节，也是各品牌角逐的舞台，想念电商已经三年取得天猫挂面类目第一的战绩，如何借助双十一取得更大的突破，孙君庚提出了轻烹饪挂面的理念，将真材实料的食材包和酱料包搭配面条，用一盒面满足消费者做一顿饭的需求，实现“想念卖的不是一把面，而是一顿美味”。借助产品创新，2018年双十一，想念电商创下阿里巴巴天猫挂面类目第一、粮油米面排行榜第一的佳绩。

企业的高速发展也得到了各界的肯定，被中华人民共和国农业农村部评定为“农业产业化国家重点龙头企业”。作为农业产业化国家重点龙头企业，孙君庚带领企业一直在创新，不断探索行业发展的新思路。

2019年4月世界月季洲际大会期间，想念在中国月季园打造了世界第一家月季主题面馆，高颜值和文化气息浓厚的面馆一开馆就吸睛无数，想念面馆也成了流行的网红打卡地。

2019年7月，央视策划特别栏目“《壮丽70年，奋斗新时代》

共和国发展成就巡礼·河南篇”中，央视新闻频道在线直播镇平想念产业园，报道企业发展带动产业振兴，促进乡村振兴的新模式。

2019 年 9 月，在第十九届中国方便食品大会暨方便食品展上，轻烹饪系列产品想念番茄牛腩拉面和麻辣嫩牛自煮火锅面套餐分别荣获 2018—2019 年度中国方便食品行业最佳创新产品奖。

2019 年 10 月，由想念食品股份有限公司和联合国世界粮食计划署共同举办的“零饥饿行动”公益活动启动。消费者每购买一把想念麦胚挂面或者一盒番茄牛腩拉面，就会以与想念食品联合的名义捐赠 1 元钱，资助联合国世界粮食计划署在湖南、广西等地开展的学龄前儿童营养改善试点项目。通过这次活动，想念食品将捐赠不低于 200 万元，捐款主要用于项目区儿童的营养改善。

“河南烩面为武汉热干面加油！”

2020 年 1 月 23 日，受新型冠状病毒肺炎疫情影响，武汉封城。当许许多多企业在面对疫情苦思冥想如何自救的时候，孙君庚考虑的是，怎么确保所有员工健康安全地防范疫情？怎么抓住时机扩大产能，满足市场更大的需求？

“因为想念公司在南阳，毗邻湖北，武汉封城了，我们就是想怎么能多生产一些，怎么能为疫区多贡献一份力量。”

按照政府的指令，公司每天做着食品加工企业该做的事：员工的个人防护、厂区的日常消毒、食品卫生的管控……虽然湖北市场对想念公司来说，品牌知名度及产品销量并非处于前列，但孙君庚密切地关注着疫情的发展。他认为，疫情严重，食品供应无法回避。他决定动员员工取消春节休假，投入生产，因为武汉可能“需要我们的支援”！

孙君庚吹响了企业的“集结号”，一切按战时状态应对工作。

2020年1月24日，农历大年三十晚上8点，3个拖挂车，共93.6吨想念面条，发往武汉。

第一车还在路上，又接到武商和中百两家公司同时发来的要货订单。“想念作为面条企业在武汉的市场占有率，疫情发生前并不是最大的。既然现在人家主动向我们订货，那就要比谁的反应快了。”孙君庚说，“伟大的企业总是诞生在冬天。身处民生行业，能保质保量地供应，就是最大的社会贡献。另外，我们也是企业，必须以占有最大的市场份额作为经营目标。”

确保供应——孙君庚太知道这四个字的分量了。面临的困难显而易见：既是春节大假，又正处于各企事业单位关门停业以响应举全国之力对抗疫情的非常时期，原材料怎么解决？各供货商怎么配合？资金怎么解决？每一个节点都事关整个计划的完成。更何况还有最危险的：但凡其中有一个员工或一个环节出现疫情沾染，不仅计划泡汤，整个厂区都必须关门停业隔离。

“没有危机，就没有企业的发展。”从1998年创业至今20余年，大大小小的困难不计其数，也磨炼出了一支能打硬仗的队伍。“危难时才能看出人品，看出忠诚，看出担当。这是我在平常干部培训中经常讲的话。”

“面对疫情，正常接单，保证供应！不放假，不涨价！”这是想念公司在各大媒体放出的第一个声音。这更像一份决心书。“河南烩面为武汉热干面加油！”这个公司的对外形象宣传广告通过《人民日报》平台，得到了广泛的分享。

“河南有粮，武汉不慌！”这句由想念公司发出的温情话语，成为河南省给予湖北人民暖心的安慰。

2020 年 2 月 6 日，想念公司被列入全国性疫情防控重点保障单位。全国市场的高歌猛进，让想念食品的品牌知名度得到了最快速的提升和最广泛的传播。想念公司在确保市场正常供应、实现自己承诺的同时，也在通过各种方式捐赠防护物品，包括 7000 多件想念产品。

从大年三十向武汉市场第一批供货 93.6 吨起，到 2020 年 3 月初，想念为全国累计供货 5.5 万余吨，是去年同期的 2 倍。工厂在加班加点生产，员工在高效有序工作，企业品牌影响力也随着产品的覆盖率而扩张，一切的辛苦和努力都在得到回报。

正是在这样一个充满无限挑战与可能的年代，孙君庚用他的信念和固执闯出了一条面条的传奇之路。未来，孙君庚会带领他的想念团队面对更多机遇和挑战，步履沉稳，一往无前，创造面条的新时代。

巴比：

面点王国

一个初中辍学的年轻人，靠包子立足上海，创建“巴比”品牌。从上海滩南京路上一家小小的包子店，壮大到如今的“包子帝国”，从企业连锁化扩张、运营管理到SAP信息化之路，他始终坚守信念，创新求变，一点点靠近自己的梦想。

“巴比”面点创始人 刘会平

失败中领悟商业规则

20 世纪 90 年代的安徽江镇，一个总人口不到四万的小镇，却有超过两万人在全国各地从事着包子、馒头等面点行业。也正因为如此，江镇又被称作“馒头之乡”。

1995 年，刘会平从江镇初级中学毕业，本应伴着书香继续升学的年纪，他却因为家境贫寒，不忍父母操劳而选择了辍学。为了谋生，刘会平从书海跳到了面粉堆，开始跟着姐姐学做包子。那一年，他 17 岁。

学会了手艺，接下来要做的就是闯荡江湖。刘会平开始辗转在南宁、贵州等地开店，原本信心满满的他没有想到，因为经验不足等原因店铺接连倒闭。一转眼两年过去了，装钱的口袋却依旧是那样苗条。两年里他四处奔波，体会到了生活的艰辛。身处异地他乡，陪伴他的只有浓浓的孤独。刘会平平日里不爱喝酒，他总是把所有的心事都藏在心里。直到有一天，他遇见了一个相聊甚欢的老乡。“出来讨生活不容易啊！”这句包含乡音的问候，让他卸下强装的坚强，推杯换盏间，他借着醉话宣泄出所有压抑的心事。

“因为很长时间没有见过熟悉的人、亲人，太高兴了。我长这么大应该到现在，再怎么醉酒也不可能醉到那样，醉完以后，真的是吊盐水才苏醒过来。这样的环境是非常孤独的，就是在这种情况下，孤独的环境促使我去思考。”

大醉过后，刘会平并没有“借酒消愁愁更愁”，他从酒精中挣脱，对于人生的思考反倒清醒了几分。

“那什么样的人生才算精彩，什么样的人生才算有价值？我觉得这个人是对社会有贡献的。人被教育得思想更好，更利他，更有正确的价值观，或者人更加聪明，那人们的生活是不是就能更好？是不是就能促使万物的自然和谐？所以我认为还是通过教育来影响人。”

困难面前，刘会平不会低头，他知道人拥有改变一切的力量，那么这种力量从何而来呢？如果说知识改变命运，那好的教育一定可以改变人生。刘会平暗暗在心底立下了一个目标，一定要闯出一片天地，然后通过教育去帮助更多的人。

“我有一个特点，自己确定的目标就想着是正确的事情，反复思考它是正确的事情，我一定是坚定信心地去实现。”

坚定的信念，推动着他继续向前。1998 年，刘会平带着仅有的几千块钱来到了当时日渐繁荣的上海——这个充满机遇的年代和拥有无限可能的城市。

“下火车的时候，下着蒙蒙小雨，出站的时候，高楼大厦都看不到顶，一下子有点慌。上海这么繁华的地方，我的妈呀，这个包子能卖出去吗？能行吗？还是有一点担心的，但是来都来了，你怎么办呢？”

是啊，来都来了 。刘会平渴望在这里闯出一片天，可生活却又往少年肩膀的担子上装了两块巨石。他所面对的，仍然是接二连三的失败。

“就在思考为什么没有成功，后来我就考虑还是自己的产品做得不够好，冷静下来思考以后觉得我们做的这个东西根本不符合上海人的口味。”

直到这一刻，刘会平终于悟到了一个看似简单的商业规则：产品是生意的基础。而无论哪一种产品，都不是一成不变的，根据市场适时地做出改变，才能在风浪中生存下去。想到这儿，刘会平立刻开始行动，他在上海城隍庙吃遍了每一道小吃，发现上海人喜欢清淡、偏甜的口味，而自己的包子却是偏咸、偏辣。找到病灶，刘会平便开始了上百次的实验，终于将自己的包子改良出了上海人喜欢的口感和味道。

2001 年，刘会平在忙碌繁荣的南京路附近以每月 5000 元的价格租下了一个不到 10 平方米的小店，取名叫“刘师傅大包”，而当时，许多同行还在别人餐厅租窗口卖包子，一个月的租金只有一两千元。在别人看来，刘会平的举动简直不可理喻，甚至有人说：“在这里卖包子，就等着喝西北风吧。”可在刘会平眼里，这却是一个难得的商机。他的自信，就源自那些行色匆匆、没有时间做早饭的白领。

三个月后，凭借着符合上海人口味的美味包子，“刘师傅大包”的门前排起了长队，人来人往之中，刘会平一遍遍重复着做包子的过程，今日的忙碌是曾经那个少年心中的梦想，往日的清闲是如今这个男人难得的奢望。这时候，恐怕连在“刘师傅大包”门前排队的顾客都不会想到，刘会平会改变整个早餐行业的发展，这家小小的包子店，也会在不久的将来，开遍长三角。

当中国包子撞上洋快餐

2003 年，刘会平在上海开了三家店，赚到了人生的第一桶金，30 万！这个数字对于这个尝尽艰难的年轻人来说，是一笔不小的财富。这笔钱原本应该用作资金的积累，而刘会平却选择将其中的 10 万捐给母校。

五年前，那个少年在心中种下的梦想的种子，在刘会平提着

10 万现金到母校的那一刻慢慢开花。这 10 万块钱承载着未来，也承载着刘会平对于教育的执着与希望。当时，一个“包子帝国”的轮廓已经浮现在刘会平的心中。

2003 年的上海，乃至全国的早餐行业尚停留在夫妻店和散兵游击队的经营状态，而当时的刘会平却看到了洋快餐的火爆，并立志打造一个本土早餐连锁品牌。

“麦当劳在我们店旁边，所以我看得也多了，让我感受也蛮多的，人家生意天天这么好，卖得这么贵，在全中国开得这么火，能开遍全球。我说我的包子不比他们差，那我就思考这个问题，我觉得我们一样能做到。”

彼此间的差距让刘会平产生了更多的思考。经历了多次失败，初尝成功滋味的刘会平开始钻研洋快餐的商业模式，他决心要改革，就从名字开始。于是，“刘师傅大包”摇身一变，成了更易上口的“巴比馒头”。

“叫‘巴比’这个名字，小朋友叫起来朗朗上口，很容易记，你不用再去教他了。创业的第一步就是取好品牌名，取好品牌名真正是起到四两拨千斤的作用。”

名字的特别激起了消费者的好奇心，包子的美味也刺激着人们的味蕾，一时间，“巴比馒头”声名鹊起，盛名之下，刘会平的道路越发宽敞。

“媒体看一个叫‘巴比馒头’的店天天在那儿排队，就跑来采访。第一个媒体采访以后，后面采访的媒体越来越多。那时候媒体的影响力特别大，一看到上了报纸，登了新闻，排队排得更长。”

有舍才有得

投资小、回报快，早餐行业的这些特点加上刘会平的成功，化作一个巨大的磁场，激起了许多人对财富的渴望。越来越多的人想要加入刘会平的品牌阵营，和他一起分享成功。规模的扩大意味着品牌影响力的提升，而刘会平还没来得及品味其中滋味，就接到了一个个顾客的投诉电话，问题来了。在不同的门店甚至同一家门店在不同时刻买到的包子品质不一样，质量参差不齐，好坏不一。这些电话如同一根根针一样，扎在“巴比馒头”的招牌上。

“人的因素决定了产品的好坏，所以做事情你要是完全靠人的因素来做，肯定做不好。”

传统面食的制作依赖手工，包子自然也是如此，人的经验甚至心情都会给包子的品质带来影响。想通了这个道理的刘会平，下定决心降服这条拦路虎。

“师傅他去包，那肯定师傅的手艺还是有区别的，虽然是经过培训还是有很大区别，有时他工作一忙起来，他包的也是不一样的，他的心情好坏也是会影响包子口感的。还有一个，我们原来是用蒸笼来蒸包子，包子放在蒸笼里醒发，自然条件的醒发，又受什么影响呢？气候的变化，天冷天热这个醒发的时间又不一样，你和面的时候，可能和得软一些，面粉发生了变化，它可能醒发的时间又不一样。”

各种因素都会不同程度上影响着包子的质量，刘会平想出来的方法，就是标准化。努力减少包子生产过程中的人为因素，对于任何能够促进生产流程标准化的技术、设备，刘会平都不会在资金投入上设门槛。

“你经营企业时时刻刻都是有风险的，都有可能是死亡的那一天，所以你投入下去的都有可能是打水漂。很多人做企业可能是我落袋为安，赚到钱，先收到袋里再说，稳步去做就可以了，但是我们不一样。我们认为赚了钱以后，要经营未来，要不断完善自己的管理，完善自己的商业模式，不断往里面投钱。”

居安思危，思则有备，有备无患。经历了一次次顾客投诉，品牌形象受到严重影响的刘会平找准了自己要走的道路，有舍有得，在这样的资金支持下，“巴比馒头”张开了双翼。

2004年，刘会平建立起第一家中央工厂，统一加工馅料。2007年，冷冻产品配送技术研发成功，实现成品的统一生产配送。2009年，建成第二家中央工厂，标准化的不断推进最大限度地减少了人为因素，在实现快速复制的同时也要从源头上保证食品安全。对于原材料供应商的选择，刘会平也有自己的原则。

“我们选择供应商一定是选择在这个行业里数一数二数三的企业，就是前三的企业，其他的你不要考虑，前三就代表他的实力得到了市场的认可，能做到前三的企业，他也会小心翼翼地用心经营好自己的产品。”

闯过百里风浪，便是万里晴空。在刘会平的用心经营之下，“巴比馒头”逐渐壮大起来。2012年，刘会平的门店已经开到了上千家，遍布在长三角地区的各个角落。门店开多了，管理的难度也会跟着提升，而刘会平却有自己的一套办法。

“当然管加盟商第一个要素是一定要赚钱，你的商业模式，他要不赚钱，肯定不听你的管理。赚钱以后，我们怎么管理？就是用经济杠杆，比如你管得好的，门店达到我们考评标准的，比如

4A 级的，我们最高级别叫 4A 级，达到我们 4A 级的，我们免你管理费，我们年度还给你发奖金。然后你续约的时候，我还给你减免其他的各种费用，你还可以优先加盟。加盟的时候，我还给你各种奖励。所以通过各种经济杠杆来促使他不断地管理好自己的门店。”

随着新工厂的建立，销售额的增长突飞猛进。刘会平以新工厂为依靠，开始向医院、学校等各种机构的食堂提供面食，开拓出了团餐的市场。

“我们新工厂建完以后，一个季节的销售额和去年比是翻了一番，这个业务是趋势。比如医院、学校各种食堂的点心，包子、馒头、水饺、油条这些东西，它不可能说这些食堂再请几个师傅自己包，天天自己包，师傅的工资现在又非常高，请这个点心师做的量不大，又难找，所以这些企业未来都不会自己做，一定是专业公司来提供面点，他拿回去再做一个简单操作就好了。所以给了我们施展的机会，这是趋势。但是这一类的供应企业又特别少，知名的更少了，所以我们觉得我们有很大的机会。”

在竞争中走向转型

不放过所有能把握住的机会，刘会平始终在向前走。随着“巴比馒头”日益壮大，树大招风，吸引了同行的目光。“巴比馒头”成了众多同类品牌的对垒目标，这其中也有不少原来的加盟商，他们熟悉“巴比馒头”的经营之道，自立门户之后，从模仿产品、店面形象到借鉴商业模式、管理方法，同质化竞争愈演愈烈，“巴比馒头”的销量，也因此受到了很大的影响。

“很多就开在我们的店铺旁边，因为这个产品大同小异，所以

2009年的松江区佘山中央工厂

企业品牌形象

中央工厂车间

“巴比馒头”第一家门店

竞争肯定会对我们有影响，虽然我们的品牌影响力比较大，但是多一个竞争对手对我们营业额的影响肯定还是有的。在这种情况下，日子肯定有一点难过了，正是因为这样，我们才会想到怎么去改变。”

刘会平还在奋力思考，力求转变。而此时，残酷的竞争已经直接将“巴比馒头”从高速路上拽了下来，门店的增长数量和销售额也开始持续走低。不过，刘会平明白，在这个大鱼吃小鱼、快鱼吃慢鱼的年代，既然竞争者变多，商业模式也已经被竞争者借鉴，暂时还想不到应该如何进行创新，那么想要比其他竞争者更快地抢占市场，借助资本的力量成了最有效的一条路。于是，“上市”两个字浮现在了刘会平的脑海中。

“快速发展是什么呢，最快的方式就是收购并购同类的这种企业，再优化他们改造他们，这样你就会需要大量的资本进来。”

刘会平开始接触一些投资人，可得到的反馈却不容乐观。受财务监管难度高、盈利不稳定等因素的影响，餐饮企业在中国的上市概率非常低，对于“巴比馒头”来说，也是如此。事不凝滞，理贵变通，面对困难，刘会平又开始了新的思考。“食品工业企业上市的概率是大的，我们就想其实我们也是个食品加工企业，其实我们的产品是中央工厂生产好，送到门店，门店做一下加工再销售。”

刘会平发现，“巴比馒头”除了是餐饮企业，同样也属于食品加工企业，而食品加工企业的上市难度要比餐饮企业小得多。确定了企业类型，刘会平又发现，想要融资上市，那么自己的品牌定位也需要改变。一直以来，刘会平对品牌的定位都是“打造国民级健康早餐”，这个定位帮助“巴比馒头”在前期取得了快速发展，而经过了这么多年的市场变迁，这个定位在日益激烈的竞争中已经显现出了弊端。

“定位为一个早餐企业，对我们的销售是不利的，我们再思考，我们应该给我们营业的产业线进行扩充，有的产品线是适合中午和下午卖，比如炸鸡腿、炸鸡排、薯条。我们再增加一些自选商品，可以让顾客下班之后带回家，第二天或第三天吃。”

早餐行业，每天 70% 的营业额都发生在早上十点之前，在同质化竞争的冲击下，不少门店的销售额持续减少，为了改变这种情况，刘会平通过增加新产品，让门店在十点以后也有生意可做。明确了改变品牌定位的目标，一场变革风暴席卷了刘会平的脑海，更广阔的未来似乎已经在朝刘会平招手，只是刘会平没有想到，在这条新路上竖着一堵高墙，一堵四年不倒，让刘会平再次尝到失败滋味的高墙。

升级打破瓶颈期

2014 年，刘会平推出了一款新产品“小猪奶黄包”，为了将这款原本手工制作的面点变成高效的工业化生产，仅生产工具就优化了七八次。在刘会平的带领下，大家都在绞尽脑汁寻找进一步优化的办法。

而除了“小猪奶黄包”，还有十几款新面点逐一亮相。可是这些新意十足的产品却并没有给门店的销售额带来明显变化。同一年，刘会平南下开拓珠三角市场，却因为市场竞争激烈，推进的速度十分缓慢，企业的发展陷入了瓶颈。

2015 年，刘会平的门店增长速度跌到历史最低，仅为 9.7%。这也意味着，刘会平的竞争者在疯狂地抢夺市场，他的企业如果还是这样停滞不前，那市场份额只会越来越少。时间不等人，每耽误一秒钟，能够抢占的市场份额就可能会少一点。

企业类型的转变和品牌定位的变化都不能一蹴而就，但是残酷的市场不会留给他太多时间。刘会平明白，想要打破现状，还需要更多改变。他承受着巨大的压力，终于在2016年，找到了自己梦寐以求的突破口，那就是改变企业形象。

2016年，刘会平投资500多万与一家专业策划公司合作，对品牌形象进行全面升级。“巴比馒头”之前的品牌形象是一个可爱的包子，而在调研初期却发现，在十多年的品牌推广期间，没有多少消费者能够记住这个形象，究其原因，是因为这是一个凭空创造出来的形象，在消费者心中没有一个固化的概念。刘会平参考一些成功的品牌发现，不论是天猫还是京东，小猫和小狗的形象已经存在于消费者的脑海之中，更便于记忆。于是，小象巴比诞生了，它被确定为新的品牌吉祥物。

2016年5月，刘会平在上海长宁区的凌空SOHO开了一家拥有绿色森林装修风格的新店。崭新的形象，崭新的开始，大家期待着迎接崭新的未来，可市场的反馈却并不如人意。

原来，在新的设计中，小象生活在一片绿色的森林里，从设计角度来说没有问题，但是这样的形象让门店看上去更像是一个咖啡厅，而不是一个卖面点的地方。

“创业本就是九死一生的事情，可能创业做了十件事，九件事情都不是成功的，只有那一次机会是成功的，是做对了。”

改变品牌形象是刘会平坚持要做的事情，他没有放弃，再次尝试将门店设计成其他的风格。用四个月的时间，“巴比馒头”完成了第三次升级，为开拓更广阔的市场发展，必须去馒头化，确立了“巴比”橙色系的全新品牌形象。

橙色的品牌色充满食欲，地标型的logo寓意着巴比开在哪里，哪里就是美食地标，整体设计时尚简约，醒目大气，新的品牌形象一面市就带来了营业额的提升。

旁人眼中的成功辉煌在刘会平看来已经成为过去，在刘会平的心中，一直有一条自己认定的发展道路，这条路将会为“巴比”带来又一次飞跃。

开启电商新模式

2014年，移动互联崛起，外卖市场成了一块巨大的蛋糕，几大外卖平台也开始奋力抢占市场份额。

在那样一个风云激荡的市场中，大大小小的餐厅都选择嫁接在这些平台上来进行线上推广，销售额也取得了显著提升，而当时的刘会平却如同当初想要打造一个本土早餐连锁品牌一样，想要打造自己的电商平台，这是其他餐饮企业想都不敢想的事情。

“我相信做商业的都明白，品牌为王、渠道为王。原来的沃尔玛在全球有这么多的连锁门店，所以它是全球商业老大。现在你看渠道变了，阿里是最牛的企业，它掌握了线上的渠道，所有人只是搭了一个虚拟的零售平台，很多人跑到它上面卖东西，所以掌握渠道是最牛的。”

这个市场拥有上千亿的规模，这个市场也拥有惨烈的竞争，繁荣与消亡并存。刘会平的这个计划，危险，却又充满了魅力。

“你要打造自己的电商平台，消费频次不高的一般都做不起来，前几年我们做过市场调查，像我们门店的消费者，一般一周在我们这平均消费三到四次，消费频率是非常高的，我觉得这个商业逻辑是存在的，是符合的。”

高频率的消费给了刘会平足够的信心，在他看来，平台能够记录大数据并分析顾客消费习惯，能缓解高峰期的排队压力，还能实现精准营销、增加顾客黏性，这一连串的优点集合起来，即便付出再多的艰苦也是值得的。

“每天线下有 100 多万人到我的门店去买东西，我们要把这 100 多万人每天转到我们线上去订餐、去消费，日活就是几十万、上百万，现在一个电商公司，如果说日活上百万，我相信估值起码几十个亿，你说在上面卖什么东西不好卖？”

“（线下）买东西的人，买了就走了，但是他在我们线上订东西，线上支付以后，顾客的消费行为习惯，我全部知道，你是经常吃我什么东西，我会引导你下次再怎么消费，会给你很多建议，会给你很多的问候，这种顾客的黏性那是不一样的，这就是后面的大数据精准营销了，完全是不一样的。就是从这一点，意义都是非凡的。”

坚定了决心，又有了足够的信心，接下来要做的，就只剩下行动了，而如同世间的任何美好的风景都要历经波折才能欣赏到一般，刘会平憧憬的未来，又一次遭受了打击。

“开始的时候，我也说服公司的同事去做，我说这个事情一定要去尝试，本来预期是投 1 个亿，后来第一期投了 2000 万，我们当时招了 50 个人的一个团队，结果开发的电商平台也不好使，关注的用户也不多，最后股东们就觉得这个事，再不能干了，因为一年多时间，就已经花掉 2000 万了，这个事再不能干了，太烧钱了。”

耗资巨大、进展缓慢，这样的情况让股东觉得不能接受。2015

年的一次董事会议上，围绕电商平台的建设，刘会平和股东高管之间爆发了一场争执，电商平台在花掉2000多万没有取得任何进展后，被紧急叫停。

“我个人觉得方向是对的，判断是对的，我看得非常明白的事情，一定是要坚持去做的，谁也不能阻挡我。”

在刘会平看来，自己的企业能够让消费者进行高频率的消费，这是搭建电商平台的必要条件，而这种条件并不是所有企业都具备的。刘会平认定，建立电商平台这件事情是无论如何都要做到的，他甚至和股东高管说，你们不愿意做，我就私人投钱来做，如果最后做成了，公司愿意再收回去，我也愿意把它再给公司。怀着这样的气魄，2016年5月，刘会平力排众议，重组电商团队。这样一位有魄力的领导，激发了包括电商部门在内所有员工的斗志，电商平台的搭建得以推进。在大家的努力之下，通过线上支付的交易额很快突破了一亿元，完成了全年的任务量。为了将更多顾客转化为线上用户，为成品面点及生鲜产品的线上销售打好基础，电商团队依旧在加班加点。

“基本上我们的整个团队，一直保持着996的工作状态，当然不是强迫大家，大家都是自愿的。为了赶进度，早上9点钟上班，晚上9点钟下班，星期六过来加班。当然一方面大家是看好这个项目，另一方面是看好这个老板。”一名员工说道。

在充满激情干劲的2016年，“巴比”用自己的实力荣获“2016年中国餐饮业十大快餐品牌”“中国餐饮30年卓越企业奖”称号。

2017年，刘会平投资5.5亿，历时四年建设完成的巴比食品创意产业园投入使用，现代化中央工厂不仅拥有标准化生产流水线，还相继获得GB/T22000-2006食品安全管理体系认证、GB/

T27341-2009 HACCP 体系认证、出口食品生产企业备案认证。

怀着一颗赤子之心，刘会平矢志不渝地投身于面点事业，不断开拓疆土。2018 年，进军华北市场，在北京开出数十家“巴比”门店。同年，刘会平本人获得了“2018 年度松江区区长质量奖”的称号。同时，公司在他“高标准、严要求”的带领下，也获得了“2018 年度中国餐饮百强企业”荣誉称号。截至 2019 年年末，“巴比”在上海、江苏、浙江、广东、北京地区开设了近 3000 家连锁门店，直属员工近 1200 名，年销售额近 11 亿元，年纳税近 1.2 亿元。

疫情之下的转型与自救

2020 年初，新型冠状病毒肺炎疫情来袭，“巴比”门店也按照国家和各地方政府的要求，未能按时全面正常营业。受其影响，巴比 2020 年一季度销售额较同期有一定的下降。但巴比坚持不裁员、不降薪，疫情期间工资照发，社保照交，以保障员工正常生活。

疫情稳定后，作为上海市松江区第一批复工的企业，巴比在 2020 年 2 月 9 日复工复产。面对全国疫情防控的严峻形势，巴比积极落实政府关于疫情防控工作的要求，严格执行相关人员返程和隔离措施，分期分批安排人员复工，保护员工的健康与安全，积极布置好门店的疫情防控工作。公司 4 月份原有业务的恢复情况达到了去年同期的近 80%。

此次疫情极大改变了人们的消费行为和习惯，消费者更愿意通过电商订购送货到家消费，而巴比原来的业务大部分是通过门店销售即食产品，没有开发预包装食品，为了适应消费者需求的变化，巴比立刻行动起来，推出了新产品：锁鲜装系列速冻面点食品、巴比中华包点系列伴手礼等，并加快推动自有“巴比商城”电商平台和新工厂建设。

良心树品牌，匠心铸品质

初心，从未改变，良心，矢志不渝。对未来，刘会平制定了更加宏伟的目标，将自己的满腔热血化为动力！打造一个中华包点的世界品牌，发展线下超过 10 万家的连锁门店，创建一个自有线上电商平台，做强农产品产业、动漫文化产业两个产业链。这一切，在刘会平看来，都是不可阻挡的。

从开始的包子小店到如今的面点帝国，没人知道刘会平究竟经历了多少失败、心酸和劳累，而刘会平却说，如果再给自己一次机会，自己还是会这样创业。

“因为我是这种性格的人，我认为一定要让自己每一天活得更加精彩，活得更有意义，我觉得这样才是对的。”

关于未来，刘会平计划 52 岁从企业退休，投身教育事业。就像他说的，只要方向是对的，一定是要坚持去做的。

后　记

《中国创业新榜样》出品人　冯克

创业无定式，实战出真知。

真实、客观地记录当下中国创新创业典型人物的创富故事，注重选择民生领域创业榜样的创新做法与经验，启迪创业智慧，提高创业效率，这是系列纪录片《中国创业新榜样》的主题。

写这本书的最初想法就来自于系列纪录片《中国创业新榜样》，在纪录片拍摄完毕之后，我们采访的大量内容纪录片容纳不了，又感觉到内容很有价值，就决定写一本书，那是 2018 年。为了这本书，后来我们又多次采访书中的主人公，直到 2020 年 4 月，补充了大量与时俱进的内容。

如果您是正在创业的创业者，或者是有创业的想法，那么这本书值得一读。这些优秀创业者的创业项目不能照搬，但是他们的创业经验与教训很值得参考。

我辞去 CCTV-7《致富经》栏目制片人的职务，选择创业，迄今已经三年多了。创业之前，我做了 16 年的涉农创业节目。

时常会有以前的记者同行问我创业苦不苦，我说，真不苦，还很兴奋！因为只要你能创造价值，企业就能生存下去。与人合作，多替对方想想就能合作成功，所以创业不苦，何况我还做着自己最喜欢的事呢。

创业和当年管理电视栏目一样，要兢兢业业、脚踏实地，还要仰望星空、胸怀梦想。创业过程就是接连不断地解决眼前困难的过程，要不断地提升自己，战胜困难，真是人生很美妙的经历。

我能有这样的创业底气，深受当年采访的优秀创业者们的影响，是他们激励着、鼓舞着我。我觉得如果把这些当下优秀创业者的创新做法与经验，甚至人生感悟传播出去，是一件很有意义的事。

《中国创业新榜样》这个 IP 我们要做下去，选择时代的优秀创业者，挖掘他们的创业智慧，传播人生正能量，在合作的新媒体上传播。

当下新型冠状病毒疫情席卷全球，人们的生活和各国的经济发展都深受影响，这个时候，更需要企业家的奋斗精神，需要企业家的创新创造力。伟大的企业大多数诞生在冬天。

非常感谢在百忙中为本书写序的清华大学经管学院创新创业与战略系教授、清华大学二十国集团创业研究中心主任高建老师，感谢新世界出版社的李晨曦主任、楼淑敏编辑，感谢不吝赐教的企业家、创业家们。

也感谢您阅读本书。

图书在版编目（CIP）数据

滋味背后的滋味 / 冯克编著. -- 北京 : 新世界出版社, 2020.9
（一百个中国人的梦）
ISBN 978-7-5104-6679-3

Ⅰ. ①滋… Ⅱ. ①冯… Ⅲ. ①报告文学—作品集—中国—当代 Ⅳ. ①I25

中国版本图书馆CIP数据核字(2018)第284611号

滋味背后的滋味

作　　者：冯　克
责任编辑：楼淑敏
责任校对：宣　慧
责任印制：王宝根 苏爱玲
封面设计：贺玉婷
版式设计：书香传承
出版发行：新世界出版社
社　址：北京西城区百万庄大街24号（100037）
发行部：(010) 6899 5968　(010) 6899 8705（传真）
总编室：(010) 6899 5424　(010) 6832 6679（传真）
http://www.nwp.cn
http://www.nwp.com.cn
版权部：+8610 6899 6306
版权部电子信箱：nwpcd@sina.com
印　刷：天津旭非印刷有限公司
经　销：新华书店
开　本：787mm × 1092mm　1/16
字　数：200千字　　印张：12.5
版　次：2020年9月第1版　2020年9月第1次印刷
书　号：ISBN 978-7-5104-6679-3
定　价：38.00元